人文叢書 文學類

六十石山上 無風處聽風

亦耕 著

三民書局

國家圖書館出版品預行編目資料

六十石山上無風處聽風 / 亦耕著.－－初版一刷.－－
臺北市: 三民, 2013
面; 公分.－－(人文叢書.文學類13)

ISBN 978-957-14-5796-3 (平裝)

855 102006484

著作人 亦 耕
責任編輯 劉千榕
美術設計 蕭伊寂

發行人 劉振強
發行所 三民書局股份有限公司
地址 臺北市復興北路386號
電話 (02)25006600
郵撥帳號 0009998-5
門市部 (復北店) 臺北市復興北路386號
(重南店) 臺北市重慶南路一段61號

出版日期 初版一刷 2013年6月
編 號 S 811610
行政院新聞局登記證局版臺業字第〇二〇〇號

ISBN 978-957-14-5796-3 (平裝)
http://www.sanmin.com.tw 三民網路書店

獻給

楊綉英女士，我永世的

母親

序

六十石山的「石」指容量，臺語讀本音，國語讀作「擔」。此山座落在花蓮海岸山脈，每當夏秋之交，嶺上一片金針花海，蔚為奇觀。我一向對字詞語句敏感，六十石山吸引我的，毋寧是命名取義既形象化又飽含臺灣土味（數字地名多與先民移墾有關，如三張犁、五塊厝、七股、九份、十八甲寮、三十張……）。據傳早期這裡種稻每甲地可收穀六十石，而別的地方至多四五十石；「六十石」於此見出不凡，當地人常掛嘴邊以自豪，久而久之遂成專名，一直叫到今天改種金針的年代。

這本散文集收錄的作品，大都草創於時代是苦悶時代、生命是青壯生命之際，而今活過了古人所稱「耳順」的年歲，頂著花白頭顱回顧這些蛙鳴蟬噪之作，不免有一種無風處聽風雷的感覺。於是便結合六十石山的意象——象徵人生到達六十之年的收成與負擔——定下「六十石山上無風處聽風」這樣的書名。看似曖昧，實則較諸以篇名為書名更具概括作用。

距離前一本散文集《面對赤子》，二十幾年了。此時出版此書，有如晚年生屘子，從催生到接生，其過程既曲折又艱辛。書中〈情緣〉一文對此有所述及，這裡就不贅了。

封面題簽出自杜忠誥教授手筆；小書得此大家墨寶，蓬篳也生輝了。

二〇一三年六月於碧潭面壁之居

九十石山上 無風處聽風

目次

輯二　校園發聲

輯三 浮生掠影

輯四　人子問心

觀音山遙想

家住山上，沒事就看山看雲，看久了的感覺，不是這山望見那山高，而是這山望見那山美。遠在臺北盆地北緣的那座山，其輪廓尤其引人遐想，像個輕罩薄紗的玉女，曲線玲瓏地橫陳在那裡。但你絕不能心存褻瀆，幾千萬年來，她一直都擺出那樣的姿容，貞定而莊嚴，恰如她被賦予的名：觀音。

然而這也只限於遠觀，湊近去看就俗不可耐乃至不忍卒睹了。近年來更由於不斷遭人濫墾、濫建又濫葬，使得她唯「醜陋」兩字差堪形容。即令墾建不濫，在引來了遊客，幾經蹂躪之後，臺灣又有幾處名勝地，讓人身歷其境而可以遊目騁懷的？

推而廣之，整個臺灣莫不如此。自從引來了移民，才四百年不到，就辜負了葡萄牙人所給的「美麗島」之名——

先是，萬曆初有葡萄牙船航東海，途過臺灣之北，自外望之，山嶽如畫，樹木青葱，名曰「科摩沙」，譯言美麗。

〈連橫《臺灣通史・開闢紀》〉

葡萄牙人並沒有上岸。於是不免要想：當年水手們從海上遙望臺灣島，會不會就像今天我從陽臺遠眺觀音山，距離就是美？然而後來漢人吳子光上岸了，「每見一丘一壑、雞犬桑麻，皆含畫意，謂此處人家何修而獲居福地！」日本人中西伊之助也上岸了，「說臺灣山水甲東洋，一點也不誇張……不一定要到所謂勝景去，隨便什麼地方的山和原野都可欣賞到自然之美。那美，是毫無粉飾的裸體美。」而生於斯長於斯的連橫，甚至相信臺灣就是古史所記載的海上神山，「山川美秀，長春之花，不黃之草，非方士所謂仙境也歟？」然而曾幾何時，不幸加上無知，「山川美秀」的仙境如今找不到一條不汙染的河川，北、中、南三條橫貫公路沿線，幾處青山不禿頭？自然景觀如此，而人文環境呢？

這可從硬體與軟體兩方面來觀察。硬體建設方面，不妨看看建築物。地球上任何一地一國，建築物永遠是地表最醒目、最能反映文化風貌的一種景觀，而矗立在美麗之島上的又如何呢？據說是源自於日治後期現代主義極簡風格的西式樓房，式樣平板單調、外貌灰頭土臉。本身原已不具美感了，人住進去後，以安全為由（為何如此缺乏安全感），家家戶戶紛紛加裝凸出牆面的鐵窗鐵柵欄；又以「大家都這樣」為由，頂樓加蓋的加蓋，陽臺外推的外推，馴致所謂「集合式住宅（公寓大樓）」其外觀少有不面目全非的。即便在落後國家，房屋蓋好就蓋好了，頂多變更內部隔間，誰還會愚蠢到大肆破壞其住所的外貌？尤其窗戶好比人的眼睛，本是美點，而臺灣人只會醜化它。至於市街建築，更平添了橫七豎八、張牙舞爪的各式招牌。我曾經統計過新店市北新路上一家小店的招牌，橫的、豎的、固定的、活動的、正面貼壁的、側立懸空的，足有十塊之多。臺灣的市容想要免於醜陋之譏，首先要砸了店家的招牌。

再看軟體方面。姑且不談把不守法當作「有辦法」的集體心態，不談每家每月平均支出多少錢購買教科書、參考書以外的出版品，只看「大家樂」如何腐蝕人心，一切就思過半矣。

有一個樂迷遭車撞倒在地，車主要扶他起來，他叫道：「且慢！你幫我看一下，我現在倒臥的姿勢像幾號？」又有一個樂迷，封牌前夕正不知簽幾號是好，突見兒子送來請他簽名的月考試卷，靈機一動就以分數為明牌，居然中了彩。考壞的兒子不只沒挨罵，還意外得到一筆分紅。

再一個樂迷，甚至冥頑痴迷，到了以妻子陪宿向人交換明牌的地步。凡此種種醜陋行徑，加上拜石頭公、上墳場求明牌、打陰間電話等，構成了一幅世紀末貪婪之島變相圖。

「大家樂，大家『落（墮落）』」反映出來的文化現象，最令人憂慮與難過的應是下列三點：

第一、宗教信仰的極端現世取向：有人說我們的傳統文化是一種「沒有超越，沒有救贖」的文化，民間雖然有諸神信仰，但其中沒有一個是超越人之上、超越現世的，因此一般人求救贖的方式很現實也很形而下，只圖今生今世一身一家的享受。這種看法，以前我一直不肯接受，而今明擺在眼前的「大家樂」現象——把賭博謀利的行為帶入宗教活動的領域——又相當程度支持了此一看法。

第二、人心的恬不知恥：分明屬賭博行為，所得是不勞而獲、損人利己的不義之財；中彩的竟然到處炫耀，沒中彩的羨慕之餘，賀喜者有之，恭惟者有之，就差沒公開表揚。這個笑貧不笑娼的社會，又進而笑貧不笑賭了。到底是什麼文化土壤竟孕育出這種價值觀，令人一直想不透。

第三、社會的瀕臨解體：「大家樂」橫掃全國，更席捲了整個農村人口，連從不知賭博為何物的婦女也不能倖免，傳統倫理的最後據點，就此被攻陷了。「大家樂」使得我們的鄉間父老不再「相見無雜言，但話桑麻長」，取而代之的是聚談「大家樂」：「你這期有簽沒？」「你知有啥人報明牌上準的？」田可以不種，「大家樂」不能不管。最純樸、安分的農民變成這副德性，孰令致之呢？

根據《臺灣通史》的記載，在鄭成功之前，臺灣曾是海盜集團的大本營；鄭成功之後，曾是罪犯的逋逃藪、貧農的移民地。如果有人據此以連結「大家樂」，說我們這裡的人都存有「撈一票就走」的心理（臺灣錢淹腳目，羅漢腳既來了，不撈白不撈嘛），我雖然會覺得難過，卻也無言以對。

好了，「大家樂」依附以存的愛國獎券終於宣告「暫停發行」了，人們紛紛讚揚此一「明智的決定」。明智不明智我不知道，我所知道的，「大家樂」並非寄生在獎券或任何可對獎的號碼裡，而是寄生在一個瀰漫著投機逐利風氣的社會裡。

我們這個社會表面上一片欣欣向榮，就如同自然景觀的「自外望之」，臺灣彷彿仙島，而觀音山依然玲瓏，依然莊嚴……啊，每日望山，只能耽於遙想，其餘不堪聞問。

一九八八年一月

兒子說他想哭哭

睡前，講盤古開天闢地給七歲大的兒子聽。聽完後，兒子說他「想哭哭」，意思是他很感動。我知道他感動是因為盤古以一人之力，撐起了天，踩出了地；最後不支倒地了，發覺天地雖已成形定位，上面卻什麼也沒有，盤古於是獻出他的垂死之身，為我們美化整個世界。

神話勾動了童心，受到兒子想哭哭的影響，原本無動於衷的我不免也心有戚戚。如非夜色已深，真想帶著兒子走出去，去重新端詳盤古以血肉之軀為我們妝點而成的美麗世界。一邊看一邊告訴他：

——看這些草木，紅花綠葉豐富了大地的色彩，來自盤古的毛髮。

——眼前一大片一大片肥沃的田野，為我們孕育五穀雜糧、蔬菜水果，是盤古的肌肉變的。

——那四通八達的道路，是盤古的筋脈；大大小小的江河，原是盤古體內奔流不息的血液。

——遠處高低起伏的群山萬壑，使得大地不再平坦單調，是不是該感謝盤古奉獻了他的四肢五體？

——我們看不到的地底下，蘊藏著盤古無數的齒骨精髓，我們稱做礦產，其中有油煤銅鐵，更有人見人愛的黃金和鑽石。

——那來去自如、陣陣襲人的清風，那行蹤飄忽、朵朵善變的白雲，同是盤古死前吐出的最後一口氣。

——還有雨露，別忘了，那是盤古為我們辛勤工作時所滴下的汗珠。

——至於晝夜輪番照臨的太陽和月亮，一個熱情洋溢，一個柔情似水，日日夜夜依戀著大地，因為那是盤古的左右眼。

「盤古獻出他最後僅存的雙眼後，便安然去世了，從此他的身體髮膚和天地密密地結合在一起，永遠分不開。也由於盤古無私的付出和犧牲，我們才有了今天多彩多姿的美麗世界。」故事的結局是這樣交代的，但是我如何向兒子解釋：

——淡水河又黑又臭，盤古血液怎會是這樣子的？

——觀音山千瘡百孔，盤古四肢五體什麼時候遭逢如此重創？

——桃園沿海綿延數十里的防風林，曾是盤古濃密的毛髮，因何如今又疏又短，放眼望去一片焦枯？

——蘆竹鄉鄰近化工廠的農地，盤古無病無毒的肌膚，因何如今竟長出帶鎘的穀粒？

我實在不忍心告訴兒子，我們生長的這塊土地，原是盤古所造美麗世界中的美麗之島，古書上形容是「山川美秀，長春之花，不黃之草」的仙境地方，而今美麗不再，盤古即將屍骨無存。我怕兒子他會再來一次「想哭哭」。

我其實很想向兒子轉述生態學者林俊義的一番話。他說人類對所居住的土地一定要有一個觀念：我們是向子孫借來用的，當初借來是什麼樣子，就要還給子孫什麼樣子。遺憾的是，當外國人把這塊土地從「美麗之島」改稱「貪婪之島」的此際，也正是私慾蒙蔽島民雙耳雙眼的時候。林俊義揭櫫「未來倫理」的告言，有幾人聽得進去，又有幾人看得見未來子子孫孫可能接收的，會是什麼樣的一種鬼地方？

有一個朋友結婚十餘年，無兒無女，他把愛給了這塊土地，謀生之餘關注的就是島上的生態與環保。最近，一向連郊遊烤肉都反對的他，突然想撒手不管了，他說：「像你們這些有兒有女有後代的，都只顧眼前，從不替未來的子孫著想；我又沒後代，死就死了，何必為大家操這個心！」

當時只覺得他罵得好，想附和卻不知說什麼，如今面對著兒子因盤古開天闢地而來的莫名感動，突然就有很多話要說。我要說，文明有時比野蠻還要野蠻。記得一部有關美國西部開拓的影片，敘述白人深入紅人的世界，墾荒者與一位風霜滿面的老酋長有一場發人深省的對話。老酋長說：「你們白種人自詡為文明，每到一個地方就一塊塊加以分割佔有，然後逐獸的逐獸，伐木的伐木，墾壞的墾壞，造屋的造屋，把好好一個大地蹂躪得不成形狀。你們可曾想過：大地生養我們，是我們的母親；你們怎麼可以對自己的母親施暴，還片片塊塊切割下來，指明某塊屬於某人？你們錯了，大地不屬於人，只可能人屬於大地。大地就是大地，大地不容分割！」

老酋長藉著文明世界所謂的「所有權」，一語道破人類的自私與貪婪：都認為此地既歸我所有，我依人類文明就可自由處分，眼中覬的是這一塊有利於我的小地，要他放眼整個大地，自私的人當然不依。貪婪島上的人更是本其移民群性，競相對大地予取予求，生怕「慢到的食無份」，白白讓「敢的拿去食」。

就這樣，盤古花了一萬八千歲，辛辛苦苦造就出來的美麗大地、和諧世界，短短數十年之間便可以被破壞得面目全非、生態失衡。怪只怪盤古當初將肉身化作山川草木時，未能從中也化出一個人來，以至於人類對山川草木總缺少一分體貼之感、切膚之痛。但是後來的女媧不是摶泥造人嗎？裡面有土又有水，人類不正是來自盤古的血肉？

神話畢竟是神話，只能作為床邊故事，靜夜裡說給純純的小孩聽聽哭哭，伴他入夢。至於明朝一覺醒來，大地又會變成何等模樣——烏來杜鵑猶在否？伯勞還來不來？臺灣藍鵲、櫻花鉤吻鮭、雲豹無恙乎？高屏溪畔的地層還繼續下陷嗎？中橫西段又坍方了？而德基水庫安在？這一切，就全交給歷史吧。

讓貪婪之島上的貪婪人類，在挖空心思、攫盡地利之後，擁著他們無辜的子子孫孫，躲到不堪回首的歷史陰暗角落，去同聲一哭。

一九九一年一月

大嵙崁溪的嗚咽

老人告訴我，此刻我站立的地方就是當年商帆雲集的「埠頭」。天色逐漸向晚，所謂埠頭現在看來只是一排迭經翻修的水泥長堤，正默默地護守著一溪的黃昏，而溪水自我腳下嗚咽而過。逝者如斯，該帶走的不該帶走的，都一起帶走了。

展望水面，亂石嶙峋，不算急的溪流被觸激起一簇簇小水花，很快又翻滾了過去。斜暉映照下，眼前滿是一閃一閃的粼粼波光，彷彿在訴說著一段被人遺忘的輝煌過去——

> 南雅為撫墾之地，而大嵙崁實當其衝。

歷史的記載就像微風不經意揮寫在水面上的漣漪，倏忽之間緣起緣滅，真實得那麼虛幻，那麼遙遠。

真實也罷，虛幻也罷，凡存在過的總該有個合理的開端。遠在前清乾隆、嘉慶、道光年間，一波又一波的唐山人氏，因著不可知的宿命，冒險航過黑水溝，上島後沿著溪水溯洄而上，轉入大漢溪的前身大嵙崁溪，來到這個今名大溪昔稱大嵙崁的臺地上歇腳。不是為了休息，本著移墾的衝勁，披荊斬棘地在蠻荒之中四向點燃漢家香火。清政府尾隨而至，光緒十二年於此設置了撫墾總局；輿圖上，所謂的「北臺灣開山撫番」於焉煌煌展布。

彼時的大嵙崁溪活躍而奔放，巨流浩浩湯湯，聯絡商旅於艋舺與大嵙崁二據點之間。是大嵙崁溪激活了北臺灣的生機，使得航運起／終點的大嵙崁成了桃竹苗一帶物產的集散中心。「然地處內山，距治較遠，而居者日多」，於是光緒二十年設置了南雅廳，由「撫番」更進而治民了：街市形成，洋行紛紛開設；人文薈萃，教化日益興盛。大嵙崁儼然草莽中掙出的一簇繁花。

大嵙崁溪以慈心哺育了大嵙崁，遺憾的是人們從不思反哺，從不懂得什麼叫「斧斤以時入山林」，長刀闊斧頻頻斫向他的心窩。濫墾濫伐加上濫採砂石的結果，濫觴永遠止於濫觴：天雨不來，草枯石黃；天雨來時，一洩而盡。於是水源漸次枯竭，生機躍然的大動脈一下子軟癱了下來。昔日揚帆載舟的滾滾巨川，變成了萋萋磊磊的淺水溪。

抬眼望去，寬廣的河床上滿目瘡痍。溪水有氣無力地流著，流向沒落的艋舺，流出荒涼的淡水河口。即令沒有縱貫鐵路、縱貫公路的奪愛，這條當時被倚為生命線的溪流，也難逃被人們遺棄的命運。

溪水，他不爭寵，也不解釋什麼，自我的腳下嗚咽而過……

「航運停止後，本來橋底下這一段深潭還可以划船游泳的，現在什麼都不行了。」老人幽幽說道，似潭般深邃的眼眸，透出幾許悵惘，「都是為了那座橋，怕水流破壞了橋墩，只好運來土石把河床整個填平。」我朝著他目示的方向，望了望溪水瀠洄而過的象腳般粗壯的橋墩，又看了看高高橫跨河床的水泥長橋。橋上車輛來去如流水，轔轔震震於兩岸之間，聲音大到要掩蓋整個溪流；而溪流，兀自嗚咽。除了老人，大家已習慣充耳不聞了。

回看橋頭這一邊，車輛鑽進鑽出的古老隧道，又低矮又狹窄，寬度不及橋面三分之一，容不下兩車並行，宛如進出山城的一座小小城門。「那個『爆空』好幾次差點被拆掉！」老人發現了我在注視隧道。「為什麼？」心裡念著如此一座全臺難得一見的迷你隧道，拆掉了多可惜。「貨櫃車進不來，使得沒人願到東岸這邊來開工廠。」老人的回答硬生生抹去我對隧道的思古幽情，對它可能被拆的命運也不再同情。可是當我曉得它差一點被拆而終於沒被拆的原因，竟是大嵙崁人擔心「風水」遭破壞會影響地方繁榮時，不禁又啞然失笑了。

這是一種怎樣倒果為因的荒謬邏輯呢？如果說大嵙崁的繁榮有所謂風水，應在大嵙崁溪，而不在這個被稱為「大慶洞」的百年隧道。是那溪流的好風好水帶來商機與人潮，才促成大嵙崁過去綿延幾個世代的繁華。而今大嵙崁的花季已過，乾癟的花瓣被夾入了史冊。溪流上的風已不駛帆，水已不載舟，所餘的，唯寂寞的風吹拂寂寞的水面，響出不甘寂寞的嗚嗚然，一路寂寞地流向昔日的艋舺今萬華，流向昔日的滬尾今淡水，流入了不變如昔的海峽，再不回頭……

不忍見他一路嗚咽而逝，我將視線移向上游，朦朧靉靆中恍見群山開出一道缺口，口中銜著一方新碑，那是水庫所在。人們給它一個幾乎可以不朽的名，就叫「石門」，石做的門。據說這個巨大石門是用來制服大嵙崁溪躁鬱症般的惱人脾氣的。

早年的大嵙崁溪是溫馴善良的，像一匹忍辱負重的駱駝。每天，從山門曳步而出，到了大嵙崁便自動屈膝、降軀，馱上人、馱上貨，一步步踏實地邁向艋舺；卸了人、卸了貨，復載著人、載著貨，趑了回來。日日月月工作了百餘年，從不求償，也不抱怨。是後來，當他白雲深處的老家遭人無情破壞，他才變成一頭倔強的騾，發起脾氣來，有時拗著不出門，有時半路上掀貨掀人。人們於是不敢再用他，開始防他了——

> 大嵙崁溪之上游，層巒環抱，溪流蜿蜒。其間過石門始得平地，經桃園、臺北兩縣而入於淡水河。惟以上游陡峻，貯洩無功，遇暴雨至，則急湍挾泥砂俱下；日久河床淤塞，致沿岸各地區時為旱潦所苦。地方父老兄弟咸以為憂，而有識之士為謀防洪及灌溉，早有於石門建築水庫之議……

興建水庫的人大功告成後在碑記上如是說。這讓人想起《臺灣通史・疆域志》對大嵙崁的一段描述：

> 其地山迴水抱，境絕偉麗；內蘊無窮之利，外徠務本之民。長刀大斧，亭毒發揚，尚有待於後人之孟晉也。（亭毒發揚：謂開發利用。孟晉：努力進取。）

不意後人孟晉的結果，對大嵙崁溪造成的傷害，竟是如此地無可彌補。是的，「貯洩無功……為謀防洪及灌溉……」人們此時已不再念及他昔日運貨載人的風光，一心只想強加給他新的利用價值：防洪與灌溉。於是將大嵙崁溪攔頸一截，石門之處有石門——

> 水庫之中心建築為土石大壩，係一不透水黏土心型之結構。壩高一百三十二公尺，壩頂標高二百五十二公尺，使上游形成一面積八平方公里，長達十六公里半之水庫；總蓄水量三億一

千六百萬立方公尺，溢洪道最大排水量每秒一萬一千立方公尺，控制大嵙崁溪洪峰，降低溪流及淡水河水位……

是的，要控制洪枯無常的大嵙崁溪，好比要控制一匹桀驁不馴的騾；牠既已不願出門馱運人貨，就關牠在欄圈裡，也許可以手執芻料誘著牠推磨打轉什麼的——

石門大圳自水庫引水，用以灌溉其發電廠裝置容量，共九萬瓩，增加臺灣省電力之供應……此一多目標水庫艱鉅工程臺地農田……水庫風景優美，可於附近地區開闢國際觀光都市……此一多目標水庫艱鉅工程之建設，歷時八載，卒於民國五十三年六月全部竣工……

是的，多目標水庫，防洪灌溉之外又可以發電，可以觀光。對於昔日風光一時的大嵙崁溪而言，這誠然不是新生，也該是最好的收場吧。人們都這麼認為。

環顧兩岸，對峙的高山從水庫盡頭一路排列下來，定定地凝視溪谷，彷彿在向誰致上默哀前的最後敬禮。溪水，自我腳下嗚咽而過。老人無言地望向天際，暮色蒼蒼莽莽襲掩而至。水面上一陣風起，我感到些許寒意，在這暮春時節。

大嵙崁始闢後二百二十九年（一九八三年）四月

後記：

作此文時，長任國家領導人的蔣介石長眠大溪已七八年。此公生前本就是「半個大溪居民」，除了慈湖築有仿自他老家的一處宅院以外，崁津公園（今中正公園）及角板山也有別館，因此當生前住所一一變「陵寢」變紀念館之時，大溪人並無太多異樣的感受。後來，他的哲嗣蔣經國繼志述事，也在頭寮有了自己的「大溪陵寢」；又後來，連結所有「陵寢」與紀念館的「兩蔣文化園區」成立了，於是風生水起，中、日、韓的觀光客蜂擁而至。大嵙崁儼然重返昔日風光，地方人士開始又津津樂道於風水問題了。

有心人先別陶醉，不妨看看鎮上老街這些年的復古表現：商業氣息蓋過一切，便知所謂文化，所謂風水，不過是利之所在乃至於「政治正確」而已。

面對大嵙崁捲入如此這般的歷史流轉，大嵙崁溪也只能在一路嗚咽中繼續無言了。

二〇一三年三月

防風林的地方沒有防風林

潮起潮落，時光恆如偷渡客，稍不留神，他便進行瞞天過海的勾當。就這樣，晃二十幾年過去了，我重回滿載兒時記憶的海邊。站在歲月堆積而成、弧形如帶的沙丘上，我掉轉看海的身影迴望木麻林，半呈枯黃半焦黑，淡淡漠漠點綴這西海岸歷史的一頁荒蕪。再怎麼也想不到，原本高大挺直令人仰視的木麻黃，曾幾何時紛紛將自己貶抑成令人不屑一顧的低矮灌木？仔細估量它們的身材，不到一個人高，從海的那邊看過來，它們是不存在的。這究竟是怎麼一回事？

小時候，這裡一片樹海。老家雖然離此有一段行程，但有同學就住在附近，假日裡偶會相約進到林子裡，躲躲藏藏玩著一些沒天沒日的遊戲。有一回碰到來此演習的部隊，還把他們當入侵者加以「跟蹤」，而居然跟丟了。林子之廣袤深邃，可想而知。也曾心不甘情不願跟著母親到這裡撿拾枯枝、掃集落葉。從小我們就知道，木麻黃不只為我們擋住強勁的海風，也供給我們三餐的薪火。在那段艱苦的歲月裡，如果沒有木麻黃，窮居海隅的村民不知有幾家要斷炊斷食。而今有了電鍋瓦斯爐，木麻黃就註定要走上被遺棄的命運嗎？防風防沙的功能是無可取代的。

來自海峽的強勁季風，跟二十幾年前一樣呼呼地吹，一樣夾帶著侵蝕性的鹽分。而眼下這些木麻黃恍如一支喪失戰鬥意志的敗軍殘旅，瑟縮在沙丘背後，不敢再挺身迎戰，甚至連抬頭一探敵方虛實的勇氣都沒有。他們還配稱作保安林嗎？一向被認為生命力強韌，最宜於海邊防風的優質林木，集體劣化退化了。這，到底是怎麼一回事？是誰改變了這亙古的自然界間兩種力量的均衡？

遠了，遠了，綠色長城的美名從此遠了。

小時候，鄉裡出了一位可敬的「頭人」楊石城先生，從日本時代就為民喉舌；競選活動中他常以「無黨無派」自豪，並自比作防風林。他說防風林護衛我們的家園，民意代表保障大家的權益。

在濱海而居的鄉民心目中，防風林甚至形同守護神。靠著防風林，他們得以世世代代在不怕海的海邊務農為生，不須入海捕魚。石門水庫興建的那些年，還遠從淹沒地區移來一批又一批的山民，就在防風林的防線後方落腳定居。而今「移民新村」的閭門依然矗立，但綠色長城垮了，失去保障的他們又一批批遷了出去；留下來的，也只能守著田裡的枯禾發愁。

田園廬舍的外邊，沒有了防風林。想起林亨泰的〈風景〉——

防風林　的
外邊　還有
防風林　的
外邊　還有
防風林　的

外邊　還有

然而海　以及波的羅列

然而海　以及波的羅列

我不是詩人，我也不是來尋風景的——也無風景可尋。此時此際在這失去防風林的海邊，連波的羅列都成了莫大的嘲弄。

一陣蟬嘶，從木麻黃變形而成的灌木叢裡，淒淒切切傳了過來，迅即消失在海風呼嘯之中，有如遠去的輓歌。我兀自佇立沙丘上，思索著防風林的地方沒有防風林的道理。土質沒有變，海風並未加強，鹽分也沒有增多，我終究不知道為什麼，鄉親父老們不知道，大地也不知道。也許就如同臺灣諸多環境改變的問題，一切只能停留在生態保育與經濟發展的狺狺爭辯之中。

一九八三年十月

後記：

這個失去防風林的海邊，在桃園觀音的草漯。文中不提故鄉的名，是由於當時的景況太震撼，又找不出原因，心煩慮亂之極，甚乃疑心故鄉遭到上蒼的詛咒，遂不敢提。

二〇一三年三月

純不純

武陵人誤入桃花源，儘管最後空留回憶，而畢竟人間仙境走它一遭，仍不失美事一樁。然而臺北人誤闖豔窟，不只結局不圓滿，回想起來更是令人不快。我生不幸，在一個失去桃花源的時代，為了吃一頓飯，竟然誤闖誤撞，栽進了豔窟。

那是一個初夏的黃昏，下班後有事不能回家，走進一家昔日常光顧的小小西餐廳，那裡有我愛吃的一種中餐西吃的快餐，店名就叫「×誠快餐」。點好餐，正納悶餐廳的裝潢和氣氛怎麼全變了樣，就聽到櫃檯有人打電話要人「趕快送來」，當下更是疑雲滿腹：怎麼，這家餐廳撤了廚房？飯菜沒上來，那個打電話的人卻走來低聲問道：「先生，要不要小姐？」我始而愕然，繼而恍然，終於落荒而逃，畢竟還沒餓到要吃人的地步。走出店門，回望了一眼招牌，原來已換成「××啤酒屋」。過幾天再度經過，發現又改了一個更引人想入非非的名稱。

同西餐廳一樣暗藏香豔的，還有理髮廳。外邦來的觀光客不明就裡，看到臺北街頭理髮廳林立，便誇讚「你們臺北男人真愛乾淨」。臺北男人的嗅覺倒也靈敏，儘管理髮廳以實亂名又以名亂實已久，只消瞄一眼門面，便知裡頭可不可以真理髮。原以為現狀就這樣混過去了，今天路過仁愛路一條小巷子，發現路旁三色旋轉燈下赫然標示出「純理髮」三個大字。

我想到了「純喫茶」。純喫茶的興起當在喫茶其名、狎妓其實的花茶室之後，後來純喫茶也不純了，南部於是有人開了一家「純純喫茶」。照這樣發展下去，哪天有人掛出「純純純喫茶」的招牌，也順理成章得很。

不知道這是社會環境的汙染，還是語言環境的汙染，也許兩者兼而有之吧。一面想著一面繞出小巷，走上信義路。路兩旁停滿了各式各樣的小汽車，一部捱著一部，而其實這地方我們給的名稱是「慢車道」，不是「停車場」。走遍長街小巷，偌大的臺北市找不到一條「純」道路。

這個光怪陸離、名實相亂的社會，又有哪幾樣東西是「純」的呢？

——升學主義下的國民中學，學生用在英語學習的時間與精力，遠遠超過國文。這是「國民教育」名下的純外國民教育。

——使用執照上登記為「停車場」、「防空避難所」的大樓地下室，紛紛變成純餐廳、純百貨商場、純超級市場、純家具行乃至純補習班。

——名為「舞蹈研究社」其實是純舞廳，「新聞」其實是純廣告，官員議員「出國考察」其實是純旅遊，國高中校園裡的「暑期自強活動」其實是純補習，「民眾服務社」其實是純政黨的純地方黨部，「為藝術而犧牲」其實是純為票房純為鈔票而脫衣露體……

孔子要是生在今日，面對著層見迭出的「名不正，言不順」亂象，所嘆不會只是一時興起的「觚不觚，觚哉觚哉」，而是到處驚疑：「純不純啊？這純嗎純嗎……」

街燈亮起來了，七彩霓虹閃爍著詭譎的光芒。抬頭看了看臺北的夜空，月亮有氣無力地泛著黃光，我不免心生懷疑：她到底純不純？

一九八三年二月

後記：

「純理髮」、「純喫茶」今已罕見，取而代之的是郊外公路旁常映入眼簾的「純蜂蜜」，一般還會附加保證語，如：「不純免錢」乃至「不純砍頭」（但不知誰砍誰的頭？句子只有謂語而無主語）。最新的發現是有人開始以重複「純」字作出強調，但並非放在「蜂蜜」前面做詞組的成分，而是放到後面去做句子的成分：「蜂蜜純純純」。

所以，也不能說三十年來臺灣社會毫無進步。

二〇一三年三月

名人巷

這條巷子看起來並無特殊之處，在附近工作多年後才知道它還有個別號，叫「名人巷」。

我工作的地點在鄰巷，每次從西向東搭計程車過來，司機總習慣走這條巷子。有一次上了車忽然記不起巷號，只知道巷子對面是大安路，便給了他這個指示。「噢，知道了，是名人巷。」然後一面開車一面聊起他熟悉的名人巷來。也不知他究竟載過多少名人巷的客人，從他開列出來的名單，確也洋洋大觀，全都是常在傳播媒體露臉的人物，包括四五位黨政要員、兩三位工商鉅子，以及幾個連幼稚園小朋友都認得的藝人。這些人除第三類以外，都可在中華書局《當代名人錄》尋到他們的踪影。這的確是一條滿住名人的巷子。

此後，為了測試名人巷的知名度，搭計程車就以「名人」兩字取代巷號，倒也十之七八都能被順利載達。我開始感受到名人的魅力，以及大眾傳播的可親可畏。

一個清閒的週末，華燈初上，為了徹底領略名人巷風光，我獨個兒在這條寬約六公尺、長不滿百公尺的小巷道舉步彳亍。巷口豎立兩塊霓虹招牌，亮著「名人園」及「名彥」奪目的字光，彷彿告訴人們這裡就是名人巷，請進來過過名人瘾頭，見識見識名人風采。巷道兩旁的建築物及路邊停放的車輛，與一般高級住宅區所見殊無二致，唯一較起眼的，是離巷口不遠處一座銀白色崗亭，以及日夜駐守在裡面制服光鮮的治安人員。如果說名人巷也有什麼具體表徵的話，這大概就是了。

開設在這裡（本巷及支弄）的商店，不管是賣吃的餐廳、咖啡館、酒廊、茶藝館、海鮮樓，賣穿的服飾公司，抑或民生四大需要以外的攝影公司、理容院、髮廊、仿古瓷器店、字畫展售店，從裝潢到氣派，從服務到價格，在在夠得上所謂「高級」——這裡沒有雜貨店、冰果室、自助餐廳、小吃店，更沒有流動攤販，也沒有書店——而高級的另一個定義便是炫耀性消費。也難怪巷中店家要爭相以「名人」作店招了，因為「名人」最容易引發「名牌」的聯想。

靠近忠孝東路這一頭，有一家兼營酒廊的咖啡餐館，取名為「酩園」。起初我質疑店家把「酩酊」這個連綿詞拆開單用，不符合語言規律，後來才悟出「酩」字諧音「名」，而且可以拆成「名酒」（「酉」是「酒」的古字）。其餘明顯拿名人作幌子的還有「名鄉餐廳」、「名人幼稚園」等。一切都離不了「名」，連三千煩惱絲也被牽扯進來：那家店號「名人園」的男士理髮廳，入口處屏風上掛著一幅書法名家的墨寶，寫的赫然是「理出名人的頭緒」。理髮可做名人？而句中所藏「理出頭緒」云云，又與名人及頭髮何干？

比這更霸氣凌人的還有先前在附近看過的一句售屋廣告：「把身分住出來！」儼然新價值觀的時代宣言。自古以來華人社會即重視卜居，卜什麼呢？無非是「非宅是卜，唯鄰是卜」，所謂千金買屋，萬金買鄰。而對「鄰」的首要考量，在於正邪善惡，而非貧富貴賤。此所以孔子要人選擇「仁里」而居處，孟母為了替孩子選擇良好的學習環境，可以三遷其家，荀子也強調環境教育的重要，諄諄勸人「居必擇鄉，遊必就士」。孔、孟、荀這種卜居標準，恰反映出他們的價值觀——恕我不太莊重地套用那句廣告語，就是「把人品住出來」。

然而俱往矣，如今要住出來的（其實是買來的）竟只是一種身分。儘管仍有人卜居是為教育，圖的卻是落籍明星學區，這與孟母著眼於孩子人格的健全發展，大異其趣。有了錢就想要有名的人，即令不為子女選名校，也曾為自己卜居名人巷，潛意識裡當它是成名的新終南捷徑，所以才有建商迎合這種需求，大剌剌喊出「把身分住出來」。居陋巷的顏回算他幸運，生逢其時，只靠著入孔門就「附驥尾而名益顯」，連司馬遷都歆羨不已。

由於工作需要，認識了一位住名人巷的人。才搬來不久，一再提到他的新居，每提便面露得意之色，隱隱約約臉上寫著「我現在是名人了」幾個大字。諺云：「人的名，樹的影。」作家柏楊更進一步指出：「聲名像影子，有時比本人還大。」對所有住在名人巷的人而言，「名人巷」帶來的名甚至連影子都不是，從中只讓人看到虛空。

一九八三年二月

後記：

這條名人巷後來併入「大安路」。離開那裡二十幾年了，那一小段大安路如今是否仍以「名人巷」播騰於計程車司機之口，已不得而知。倒是後來因親友關係，又認識了一條名巷：忠孝東路四段二一六巷，也是只提巷號，運將便可順利將你送達。此巷也有外傳的名號，名號中還被私自升格為街，就叫「珠寶街」。聽來貴氣十足，但其實攤販頗多，街容雜亂不堪。不知因何而有名？時代又變了。

二〇一三年二月

雙面人與假面人

Hans 客居臺灣多年，這裡幾成他的第二故鄉。有一天受邀赴宴，席間臺灣朋友問他「對臺灣人的整體印象」，他說「很 Paradoxical」，意思是性格兩極，很詭異。追問為什麼，他便以今天的經歷作例證，對在場的臺灣人說：

「剛才在一樓等電梯，有不少人居然就堵在電梯門口，沒讓出通道來。電梯來了後，又有人不管裡面有人要出來，硬是先擠了進去。進到電梯，大家面無表情，不是低頭，就是猛盯著樓層信號看，誰也不理誰。到餐廳後，剛剛進包廂前看到 Mrs. 林和 Mrs. 鄭在門口互相禮讓，你推我，我拉你，誰都想『after you』。好不容易進來了，入座前大家又為了誰該坐首席而你推我讓，忙亂了好一陣子。

「這就是 Paradoxical。你們真的有時候很多禮很客氣，有時候又那麼無禮、野蠻。至少從我們美國人看來是這樣。」

來自不同世界的「洋鬼子」，對這種兩面人似的民族性當然充滿迷惑，我們自己卻清楚這是怎麼一回事。社交場合的多禮，是因為大家相識，彼此都想博取謙讓的美名（所謂禮多人不怪），至於其他公眾場所，則因為誰也不認識誰，誰也不怕會留給誰壞印象。總之一句話：我們把熟人與陌生人劃分得一清二楚，差別待遇也就因此而生。又不只是講禮不講禮的差別而已，還包括講理不講理、講情不講情，乃至講法不講法的差別。

我就曾經在臺北街頭目睹如此paradoxical的一幕：計程車和自用小客車擦撞，雙方同時打開車門，正想指著對方大罵「你會不會開車」，突然發現彼此竟是熟人，趕緊換上一副面孔，架也不吵了，索性就在馬路上敘起舊來。

到公家機關辦事，或者只是到郵局去寄個包裹，經常會碰到承辦人員同時擺出兩副面孔：一副朝外，擺給櫃檯外的人看；一副朝內，擺給櫃檯內的同事看。前一種面孔對著你不語不笑，僵硬得像個機械人；後一種面孔滿溢著笑，彼此親切互動，有如一家人。同一場合，一昂首、一回頭之間，便判若兩人。除非來者正好是他認識的，否則他真的可以這樣一面對你冷冰冰地答話，一面回頭熱乎乎地跟同事聊天，整個氣氛顯得相當詭異。

這詭異也是其來有自。因為我們受的教育告訴我們「五倫」中只有朋友之倫，而無陌生人之倫，若不區別對待就顯示不出朋友的重要，未免有違傳統。

兩面人充斥的社會，還為我們帶來表裡不一、真假難辨的困擾：對某個人——特別是上司——說的到底是真心話還是門面話，而感到困擾。這常使得老實人無心辦正事，因為他要花心思揣摩上司的旨意，過濾一切命令、宣示的真假成分，然後再根據一己判斷所得，來決定是要認真執行，還是陽奉陰違地敷衍一番。

大概越是公開而正式的場合，國人越是喜歡說一些言不由衷、冠冕堂皇的話。至於日常生活中，人與人之間的假話，更是人人在說，時時在說（美其名為「說好話」、「講客套」）：

「什麼時候請我們喝喜酒？」

「快了！快了！」

「有了喜訊一定得通知一聲，好久沒人請喝喜酒了。」

「一定一定，到時一定請你大駕光臨！」

這裡面的對話誰真誰假，不只局外人無法分辨，只怕當事人之間也懵懂得很。

無論如何，在我們這個社會懂得說假話說得恰到好處、聽假話聽得如假包換，到處受歡迎。於是除了兩面人而外，我們四周又充斥著假面人，我們自己也常被薰陶得「假做真時真亦假，無為有處有還無」。所以才會出現這樣的笑話：

女：「我漂亮嗎？」

男：「要聽真話還是假話？」

女：「就假話吧。」

男：「不漂亮。」

女：「呵呵，那真話呢？」

男：「真不漂亮。」

難怪大家為了強調自己說的全屬真話，會加上如此這般的話頭：「講真的……」、「我真的覺得……」、「坦白說……」、「老實說……」、「說實在的……」、「其實……」、「我就實話實說吧……」。然而誰知不會只是一種口頭禪？不會淪為「假做真時真亦假」？就如同下面這個文字遊戲：

> 這框框裡的話全是假的

其中的假，可以是真假，也可以是假假，你就自己看著辦吧。可不是？華人社會的交際行為中，真假不重要，重要的是要有以假當真乃至以假亂真的真本事。

魯迅曾說過一個不會說假話而慘遭圍毆的諷刺故事：

一家人家生了一個男孩，合家高興透頂了。滿月的時候，抱出來給客人看，——大概自然是想得一點好兆頭。

一個說：「這孩子將來要發財的。」他於是得到一番感謝。

一個說：「這孩子將來要做官的。」他於是收回幾句恭維。

一個說：「這孩子將來是要死的。」他於是得到一頓大家合力的痛打。

說要死的必然，說富貴的許謊。但說謊的得好報，說必然的遭打。如果你想既不謊人，也不遭打，那麼你得說：「啊呀！這孩子呵，您瞧多麼……啊唷！哈哈！Hehe! he, hehehehe!」

正是基於這樣的深切體認，據說魯迅死前立遺囑，對子孫有如此一條叮嚀：「別人應付你的事物，不可當真。」

這簡直是孔子「不可認真」故事的翻版。話說孔子一行人遭困於陳、蔡之間，個個餓得面有菜色，孔子不得不叫子路突圍出去買米。子路不愧「勇力第一」，果然順利來到米店。店主人得知來者乃孔門高弟，便寫一字要測他學問，言明通過則米糧免費奉送，不通過則價再高也不賣。結果子路空手而回，一臉懊惱。孔子問明緣由，笑說：「傻孩子，難怪店主人不賣給你。他寫的雖是『真』字，卻不是要考你識字的能力，而是考你做人的學問。當時你應該說『這是「直」「八」』——做人怎能認『真』呢！」

故事當然是假的。抬出孔子，一方面是訴諸權威，一方面也藉以說明儒家文化圈之有假面人以及說話不認真的態度，是多麼地源遠流長，根深柢固。

一九八七年八月

後記：

文中提到公務員兩副面孔的現象，近十幾年已大有改善；戶政機關對洽公民眾的友善、親切，甚至可媲美民間服務業。這是因為首長強力要求，而首長之所以要求，源自於選票壓力。這也是國家社會民主化的好處之一。

二〇一三年二月

可怕的陌生人

《國語日報辭典》對「陌生」的定義是「沒見過的，不認識的，不熟悉的」，然則「陌生人」就是沒見過的人、不認識的人、不熟悉的人了。儘管一連用了三個否定性描述，對那些家有小孩的父母而言，仍嫌不周到，一定要在此核心意義加上一個外圍意義：「非我族類，其心必異，不可信賴。」以此灌輸孩子，才放心讓他走出家門，儼然把陌生人變成等在門外要吃人的大野狼了。

臺北市有小學女老師一早開車上班，臨上車前，瞥見一個穿著她學校制服的小男生從旁走過，便叫住他，表明身分要載他一起到學校。小男生本能地後退兩步，以一種疑懼的眼光，望向這個自稱老師的陌生女人，然後搖搖頭，一個快速轉身，幾乎是逃離了現場。女老師目送著小男孩遠去的背影，一股複雜感受迅即湧上心頭。

其心情之所以複雜，是因為站在保護小孩子的立場，要他們提防陌生人，無可厚非；但站在教育的立場，「凡陌生人皆不可信賴」的偏差觀念一旦助長於學童心田，整個社會恐將運轉失靈，終致解體。畢竟今日學童即是未來社會的主人，而構成社會的主幹是陌生人而非熟人。

眼前有一種惡果已然成形，且迅速蔓延。那就是陌生人既然不被信任，也就不願意對陌生人施以援手。馬路上的車禍就不提了，以我親身經歷而言，就曾經看到一位母親在夜市尋找走失的女兒，找到時發現有年輕人正在問她女兒家裡的電話號碼，立即趨向前去，一面罵女兒到處亂跑，一面白了那人一眼，拉起女兒就走。年輕人好心要助人，不想無端竟成了大野狼，箇中滋味肯定比那位女老師更不好受。

又有一次，我返鄉渡暑假，友人來訪，走出車站後向一位歐巴桑問路，歐巴桑竟然置之不理。正好那時我出來辦事，看到了這一幕，歐巴桑又是熟人，便問她緣由。她說她一個鄰居就是跟陌生人講了幾句話，然後肩膀被拍一下，糊裡糊塗就卸下身上的金飾交給對方，「壞人臉上又沒寫字，誰能相信？」

把每一個陌生人都當成金光黨，也難怪社會上的人情味永遠只停留在熟人之間。當陌生人來到陌生的地方，恍如E.T.降臨地球，註定要遭到異樣的眼光，在冷漠、猜疑中飽受差別待遇，直到有一天陌生人變成熟人，情況才可能改善。

吳魯芹〈民為貴〉盛讚美國人對待陌生人的友善，認為「對陌生人信任，是美國人日常生活的習慣」，又說：「我想他們也上過當的吧，不過上當究竟是例外，因噎廢食，智者不為。」臺灣人可不這麼想，總認為人心不可測，隨時隨地防範陌生人，避免吃虧上當，才是閱人多矣的「智者」。

一九八七年八月

後記：

最近，中華人民共和國教育部發布《三至六歲兒童學習與發展指南》，其中三歲是「學會不跟陌生人走」。兩岸果然血濃於水，對孩子的教育與期許如出一轍。我比較質疑的，是三歲的幼兒理應全天候置於大人的保護傘下，「跟陌生人走」的機會顯然是父母失職所造成的；真要教育也應針對大人，怎麼反倒教育起人事不知的幼兒來了？

二〇一二年十月

情的文化

連假期間我回到古鎮，獨自一人在狹小如巷弄的中央路上閒逛。那時早晨九點多鐘，路兩旁麇集了各式各樣的攤販。買菜、購物以及像我這樣漫無目的遊走的人熙熙攘攘，加上攤販誇張叫賣的引人駐足，整條街的交通幾乎陷入半癱瘓狀態。多年來人們習慣於這種不便，因為這種交通上的不便已被購物上的方便抵消掉了。

低頭正挑選一件運動短褲，突然聽到一陣急促高昂的哨音，警察來了。「收起來，收起來！」一個一毛四的年輕警官指揮著兩個一毛二，趕著攤販們收攤。我退到騎樓底下，只見賣運動短褲的年輕販子，似慌亂似熟練地將滿地衣物迅速回收入袋；當他抬頭偷覷警察的時候，發覺他的長相神似蘇俊模——那個早上才從報上看到照片的越獄死囚。

蘇俊模劫鈔，他擺地攤，相形之下他真是自食其力的良民哪。心裡這樣想著，對於他生意的受阻不免心生同情，而那執行公權力的警察陡地就礙眼了起來。可是當我再瞄一眼警察身上的光鮮制服時，忙又提警自己：不要感情用事了，秩序必須維護，馬路是大家的。這才算結束了一場情與法的內心交戰。

二十世紀了，我們還停留在「殺人者死，傷人及盜抵罪」的原始法治觀念。只要自己的生命財產不受到威脅，彷彿一切都跟法律無關似的。沙鹿劫鈔案的逃犯之所以普受撻伐，還不是因為大家害怕他們有一天也會危及我們的生命財產。至於攤販，對我們並不構成威脅，於是當他們被取締時便成了普受同情的一群。這種心態不只一般人有，恐怕執法者也難免。否則為什麼到處有取締不完的流動攤販、違章建築以及路口兜售玉蘭花、路邊任意停車？

有人說儒家文化是情的文化。往好處說，人情味很濃，大家普遍具有惻隱之心；往壞處說，法治不彰，正是它帶來的惡果。吾人如果希望身處的社會真正現代化，就不能繼續在情與法之間徘徊下去。

一九八三年五月

人情與保險

友人大病初癒後談病中景況，感性地說生病也是一種享受，享受那湧自四面八方的人情味，讓它厚厚實實地圍攏你，像層層襁褓裹著稚弱的赤子。臺灣人的人情有它極其傳統的一面，得悉親友誰住進醫院了，再忙也要親自探病；那關係較疏的送花送水果，較親的就送錢。有些病號親友多，收到的紅包金額常超出住院所需的費用。

儒家文化是情的文化，情的文化型塑了情的社會，情在其中盤根錯節，既維繫了社會倫理，更發展出有實無名的社會保險。「鰥寡孤獨廢疾者皆有所養」、「少者懷之，老者安之」、「黃髮垂髫並怡然自樂」……全是本乎人情，而不是法制；它也始終只停留在倫理層面，並沒有建構出一套可長可久的福利制度。

讀古人傳記或年譜，讀到「家貧無以為殮」，接著總會出現「親友某助其成殮」，最後很可能是「代撫其孤」或「為置田產以養其後焉」。一枝草一滴露，生在一個重情的社會，不會有孤草因得不到滋潤而凋萎；即令他無親又無故，也會有善心人士及時挺身而出。

正是這樣的「傳統保險」環境，使得一般人對現代意義的保險常缺乏正確的認識，能主動投保的也就不多，最多的是所謂「人情保（因人情而投保）」。果然又離不開人情。人民如此，而政府呢？始終一副農業社會「堯舜其猶病諸」的保守心態，對社會保險與安全制度的建立消極得很。

歐洲有不少福利國家，對國民的保險是全面的，「從子宮到墳墓（From womb to tomb）」都照顧到了。這也正是工商業時代最理想的社會安全型態。畢竟農夫越少的時代，也就是人情味越薄的時代；靠人情來保險，終究不保險。

一九八六年五月

後記：

撰寫此文二十餘年後，欣見全民健康保險與養老年金普獲實施，從此終結「人情保險」的時代。這是多麼重要的一座里程碑，在臺灣社會史、經濟史，乃至政治史上都值得大書特書。因為這連富強的美國都想做而做不到。

二〇一二年十月

期待鄭板橋

臺北居，大不易。兩百萬市民中一定有很多人渴望擁有自己的房子，最近一次國民住宅公開申請，戶數只有四百五十戶，而申請表格在趕印不及的情況下已發出五萬餘份。我不知道兩百萬市民中有多少人除了自住的房子外，還有其他房子，只知道今年年初稅捐機關公布的統計資料：臺北市六十八年度所得稅申報戶共三十二萬餘戶，其中五萬餘戶擁有兩幢以上的房屋。

沒房子的想要有房子住，就像沒老婆的想討老婆一樣，是人的基本需求；而已有房子的還想要有房子，就像有了老婆還要討小老婆一樣，多半是錢財在作祟。女性的人口數是有限的，一旦有錢人爭著娶妻又納妾，窮人家就有人註定要孤影寒衾度此生了。今天臺北市那麼多無殼蝸牛，除了房少人多外，負擔不起房價是主因；而負擔不起房價則由於收入與儲蓄趕不上房價——不是物價——的上升速度；而房價所以會節節上升，就不能不歸咎於閒錢太多的人競相「討小房子」炒高了房價。

在任何社會，任何人都沒有義務替與自己無關的光棍討老婆，買房子也是如此。因此不必冀望有能力大量購屋的人效法杜甫「安得廣廈千萬間，大庇天下寒士俱歡顏」——那只是詩人「說窮話」（楊倫語），無濟於事。真正對我們有積極示範作用的，是鄭板橋兩百餘年前身體力行展現出來的

「社會正義」。鄭板橋並非己饑己溺、博施濟眾的慈善家，他只是待人處世善於轉念，常「想想自己，也想想別人」，買婢僱僕時如此，買地置產也是如此。他有家書一通與弟弟談到置產原則：

將來須買田二百畝，予兄弟二人各得百畝足矣，亦古者「一夫受田百畝」之義也。若再求多，便是占人產業，莫大罪過！天下無田無業者多矣，我獨何人，貪求無厭，窮民將何所措手足乎？或曰：「世上連阡越陌數百頃有餘者，子將奈何？」應之曰：「他自做他家事，我自做我家事。世道盛則一德遵王，風俗偷則不同為惡，亦板橋之家法也。」（一德遵王：大家一條心行仁義。偷：涼薄。）

此文到了二十世紀的臺灣，被選入國中國文課本來教育下一代。那一日我講課講到此處，出奇地認真，忍不住就來回掃瞄課堂上四十幾雙無邪的眼神，彷彿要從中看到臺北人的希望。希望這群來自富裕家庭的孩子，將來有財力購置多餘房產時，會及時記取老師的警醒提撕——想想鄭板橋，看看自己，也看看別人：

一戶一屋足矣，若再求多，便是佔人產業，莫大罪過！臺北人無房無地者多矣，我獨何人，貪求無饜，窮人將何所安身立命乎？

一九八〇年八月

安步不能當車

這是一條聯絡於忠孝和仁愛兩大道之間的小巷，如果把它當停車場，由這邊路肩到對邊路肩，能併排停放三部中型轎車。而多年來的實際狀況，顯示出它已成了三分之二個停車場，從忠孝東路這一頭直到仁愛路那一頭，一路延伸過去，左邊停一部，右邊停一部，只留中間三分之一的路心，讓一部轎車緩緩前行。整個道路景觀，看起來就像兩支儀隊相向而立，中間一列接受目迎目送的隊伍，正開拔要邁向前線。

每天上下班經過這裡，在兩靜一動的車列之間踩著步伐，總抱著臨深履薄的心情，生怕一個不留神，撞了靜的，或者更糟糕被動的給撞了。難得有時中間騰出空來，遠景乍現，就可以優哉游哉地安步當車，但好景不長，往往走不了幾步，後面就叭地一聲奪去你的閒情。此時，行人只有兩條屬於弱者的選擇：一條是迅即閃進兩旁靜止車列的空隙，默數著中央車隊一部部開過去，同時做好上班遲到的心理準備；另一條是起步飛奔，直奔至前方大道，或者拐進另一條橫巷，再迂迴繼續你的前程。當然如果你理夠直氣夠壯膽也夠大的話，還有第三條，那就是轉身立在原地，插腰伸指，衝著向你撳喇叭的車列發出獅子吼：「你叭什麼叭！你沒看見兩旁本該我們行人走的地方，都被你們這些開車的給霸住了？我不走路中心我走哪裡？你車子要走，我人就不要走？路是你家開的不成？還是我納的稅不如你多？」接著會發生什麼事，就不是這枝禿筆所能逆料的了。

我所知道的，有比這輕微的事態在此發生過。兩個國中生放學後走在回家的路上，許是歸心似箭，也可能是要趕去課後補習，就如前文所提，「在兩靜一動的車列之間踩著步伐」，結果真的「一個不留神，撞了靜的」（國中生視力之差也是大家所知）。這時如果人傷車無恙就沒事，不幸的是國中生厚重書包的硬質配件，竟順勢在進口轎車車身劃出一道淺痕。國中生其實也不知道究竟誰該怪誰，調整好書包正待繼續趕路，突然一聲「站住」，被奪門而出的車主（也可能是司機）叫了回來。一陣大聲咆哮，把兩個十三四歲的小孩，一個罵得不知所措，一個罵得連聲道歉。他老兄不接受道歉，直嚷著要把他們送往派出所。國中生陪罪不成也動了氣，說：「去就去嘛，誰怕警察！」那人一聽，不知是心虛還是怎的，又不去了。最後學校的訓導主任聞訊趕來，才結束一場車主與行人之間的路權紛爭。

臺北市的行人大概都像這樣，面對著有車階級，常常既是貧者也是弱者。

更遺憾的，這些開車的很多本來也都是行路人，有朝一日有車了，就忘了自己是行人過來的，握住方向盤就掌控了道路所有權，要開要停要快要慢要轉彎，常目中無人，停起車來更是隨心所欲，毫不考慮到行人的落腳處和行路權。小小巷弄，雙邊停車固是司空見慣；大馬路上，黃線區他也照停不誤；甚至於十字路口，他整個車子就停壓在斑馬線上，逼得行人既不能跨過去，只好迂迴繞行，延誤了本就急迫的過十字路口時間。

古人說「市上三人成虎」，依臺北市現今的交通狀況看，一車就是一虎，行人則是一群暴露在虎視眈眈環境中的羔羊。據說一向懾於市虎威靈的臺北市民，觀光到了日本，碰到有車子停下來禮讓行人優先的時候，竟還呆立路旁，狐疑不敢過街。車內的日本人只好一面揮手示意，一面猜測：「這八成是臺灣來的！」

臺北市的行人就是這麼可憐沒人愛。想走騎樓，沒打通的沒打通，打通的又常變成生意場所和摩托車停放場；走路邊嘛，有阻礙更大的四輪車一路停放，不然就是「門前請勿停車」的大型告示，或者店家為防止他人停車而放置的各式障礙物；到最後，只好被擠到街心來玩人車爭道的驚險遊戲。

這樣的一種交通狀況與行人處境，市政府不思大力整頓以還我行路權與交通安全，竟然大動腦筋要劃定某街某處為行人徒步區。給人的感覺就像田園廬舍被霸佔了，而公權力在身的人不去趕走惡霸，倒另外找來一個地方闢成花園，向他招手，說：「來玩吧，這裡春花正開著，美不勝收呢！」

不久前，市政府又大夢初醒似地要對行人嚴格執行違規處罰，以示與車輛一視同仁。電視新聞熱熱鬧鬧報導了一陣子，抓幾個倒楣行人上鏡頭示眾以後，不了了之了。想來大概是碰到了阻力，畢竟車雖比人大，但人比車卻多得多。見樹不見林的道路管理，是解決不了交通亂象的。主管單位當務之急，應是力除路霸，把原屬行人的還給行人。否則任令「馬路如虎口」，偏要「行人小心走」而以罰鍰相威嚇，這究竟是要行人小心生命的安全，還是小心錢財的損失？

可以預見的，臺北市的人口和車輛會一天比一天多，住在這樣的大都市，食衣住行之中的行，將永遠是個大問題。當初搬來時，有人問臺北居是不是大不易，我說都還好，物價高了點，可以省吃儉用；招牌又醜又雜亂，就少看幾眼；唯一叫人難以適應的，我說我每天走路上下班，我要安步，卻不能當車。

一九八七年四月

超前者

在臺北市搭計程車，常見司機開到紅燈亮起的十字路口，不停在車隊的後頭等候，而是轉入慢車道或右轉車專用道，然後一個包抄，繞到車隊的最前頭，只等綠燈一亮，便可一馬當先衝了出去。停的位置常就是斑馬線，嚴重妨礙了行人。問司機為什麼要這樣做，得到的回答竟是：「沒辦法，車子太多了！」還不只計程車，有些開私家車的，耳濡目染之餘也效尤起來了。一個平日溫文爾雅的朋友，有天就老實不客氣來這麼一下子，理由是：「沒辦法，被逼的！」

且不管誰逼誰，開車上路的，人人爭著做超前者，倒是不爭的事實。所以才會有汽車代理商挖空心思，把原名叫做「Racer（意為賽跑者、參賽者）」的一種進口車，誇張地譯作「超前者」，讓它未賽而先贏。其實馬路上跑的大大小小車輛，無論進口的、國產的、方正型的、流線型的，在我看來只有一種，都叫「超前者」。

又不只開車的，我們這個社會，各行各業，隨時隨地都有人爭做超前者。新店北宜路上有一段相距不到五十公尺的地方，連擺了三家檳榔攤子。第一家擺在人行磚道上；第二家稍突出一點，橫跨在磚道與路肩之間；第三家為了更突出而超前，乾脆移到慢車道上，還安裝了閃爍警示燈，明告過往的車輛：「小心點，我在這裡賣檳榔，別把我給撞了！」沒說出來的意思可能是：「沒辦法，我是被逼的，檳榔攤子那麼多，為了生存競爭……」

為了生存競爭，我們這個社會人人「被逼」爭做超前者。

臺北市行天宮入口附近，擺設了不少攤子販賣香燭供品；稍過去，靠民族東路那頭的第一個巷口，有一兩個婦人在那裡搶先兜售；再過去另一個巷口，又有婦人攔路搶先機。這巷口沒有任何照明設備，有一天夜裡我獨自路過那裡，就被突然闖出巷口兜售香燭的黑衣婦嚇了一跳。

我一個朋友的小孩就讀所謂明星國中，三天一小考，兩天一大考。有一天晚上到了溫書時間，小孩打電話問同學明天的考試範圍，同學告訴他的，與真正要考的居然不相吻合。原因很簡單，對方要讓他這一次考場失敗，因為他們兩個一直是班上實力相當的考場競爭者。朋友吃驚之餘，口中喃喃地說：「這麼小就這麼有心機，長大後怎麼了得……」

其實也不能怪小孩子，他們原本純潔無邪，只因處在人人爭做超前者的社會，自然而然就被薰染成這個樣子。真正該檢討的，應是以大人為主體或以大人為主導力量所型塑的這個社會環境：

——「孩子，我要你比我強！」「不要讓你的孩子輸在起跑點上！」這些廣告訴求的對象並非孩子，而是孩子的父母。

——「高人一等，高人一等……」螢幕上奶粉廣告中幼兒的齊聲歡唱，究竟唱出誰的心聲呢？

——流線型、超低風阻的進口轎車，在廣告媒體上打出「大生贏家」四字，想打動的，難道不是大人們爭當超前者的那顆心？

諸如此類，為了一心想當贏家，便設法使自己從眾多Racer（與賽者）中脫序而出，做一名有我沒別人的「超前者」了。

一九八八年七月

開車上路，原形畢露

古人有云：「入其國，其教可知也。」今天外國人到臺灣來，如若有心「觀光上國」，只消租一輛車開上各式道路，會一會各型車輛，就不難從我們的道路文化中，窺知那躲藏在鐵殼子裡面的國民群性。

投機

市區的街道，一路之上儘管劃出線道，但不管幾線，並沒有幾部車會固守在自己的車道上。絡繹不絕的車子一輛緊跟著一輛，妙的是，後車的車頭並不正對前車車尾，不偏左便偏右，有的甚且跨線行駛，以便伺機轉換車道。只要自己車道上的車流緩下來，他便不跟了，覷個便車頭一偏，投向另一個車道去了。他這一去，不幸跟錯了，發覺前方慢下來了，馬上又覷個便重回原車道，等待另一次的變節換道。

總而言之，跟，跟得很緊；變，變得更快。這種一路緊跟著你，卻又隨時準備棄你而去的開車習慣，有人歸因於現代人缺乏耐性，然而現代人普天下皆是，開車如此則臺灣的駕駛人優於為之。

無他，投機性格使然。

我認識的一個人每天開車往返於安坑與臺北之間。他開車一向規矩，一路之上被超、被甩，從不以為忤。有一天出門後，一部紅色喜美追隨在後，居然不超車不鳴喇叭，直跟到公館才分道揚鑣。事後談起，他說太感動了，「開了那麼多年的車，第一次發現有人跟我一樣堅守自己的車道，而且矢志不移，一路跟到底。」有人馬上提醒他：「還好是大白天，要是在人車都少的深夜，只怕你就感動不起來了。」

「不任意變換車道」的交通規則舉世皆然，在我們這裡竟是誰守誰反常。

缺乏安全感

誰都知道開車要「保持距離，以策安全」，但無論市區道路或高速公路，車與車之間保持的常是「不安全」距離。大家開車之所以跟得又近又緊，不是不怕危險，而是另有所怕：一怕被人插隊，二怕後車不高興。

先談第一種怕。在我們這邊開車，只要你跟前車拉出可容另一部車的距離，不必走多遠，就有車子企圖插進來，或從旁或從後，令人防不勝防。也只有縮短跟車距離，才能斷了他插隊的念頭。

第二種怕其實是前一種怕的補充。有時後車不方便趕過來插你隊，又嫌你距離拉得太長，就會使出種種逼車伎倆，或長鳴喇叭，或猛閃遠光燈，乃至於作勢要撞上你，迫使你不得不縮短跟車距離，一如他之所願。

不論哪一種情況，跟車距離一縮短，當然就不安全了；可是不緊跟上去，旁有伏兵，後有追兵，同樣不安全。於是乎每部車都在安全與不安全的夾縫中掙扎，最後每部車都在無法保持安全距離的狀況下，戒慎恐懼地求取了一時的苟安苟全。

這種缺乏安全感的互動關係，起因於怕，怕不安全；結果還是怕，對不安全的怕。多麼複雜而詭異的集體心理機制，值得精神分析學家結合民族性和其他社會行為（例如排隊）詳加分析。

仍在逃難

開車到十字路口遇見黃燈，按照交通規則，尚未進入路口的車輛應準備停車。但是臺灣的駕駛人通常不是準備停下來，而是準備衝過去。換言之，不減速，反加速，恍如突然發現後面有一群人追殺他，要保命，快逃開；又彷彿此刻過不了，便一輩子永遠過不了，拚了命也要衝過去。一衝過去，便絕處逢生般地大鬆一口氣，慶幸自己逃得快之餘，不免就對後頭淪入紅燈魔掌的車輛寄予無限同情。這情景，怎麼看都像大劫初過，他是最後一個倖存者。

作為臺灣最大族群的漢人，無論祖先何年何月來到臺灣，無非是有所逃而來。早期來自閩粵的，是逃荒、逃貧、逃債、逃刑（罪）、逃反而來；後期來自全中國的，則主要是逃共、逃亂、逃兵（兵災）、逃秦（騷人墨客把臺灣當桃花源的文雅說法）而來。這一切可總名之曰「逃難」。祖先在歷史中逃難，子孫在馬路上搶黃燈，一脈相承，誰曰不宜？

多年前常搭某人的便車，難得他從不搶黃燈，心想此人大概得天獨厚，歷代祖先不曾逃過難。後來有一次行近十字路口，見綠燈初熄、黃燈乍現，他習慣性地慢了下來；這一慢，冷不防就被後頭加速衝過來——也是習慣性——的十輪大貨車，把他的無尾掀背車撞了個面目全非。財物、精神皆蒙受重大損失的他，此後便開始義無反顧地搶黃燈，跟大家一起馬路上逃難了。

陌生則無禮

我認識的一個人，平日待人極其客氣，對同事、朋友更是多禮。搭他便車時卻發覺駕駛座上的他完全變了樣，不僅不知禮讓為何物，甚且一邊爭道一邊罵人，口吐穢語而面不改色。

怎會這樣？其實從文化看倒也不難索解：只因場合不同，對象有異。不開車時，我們互動的對象常是熟人，也就是跟我們有關係的人；有關係則有影響，我們深知做人是做事成功的基礎，為了維繫或加強與這些人的關係，我們親之友之，總期人在人情在。即令有人表現得不那麼積極，至少也會保持友善態度。

開車時則不然。人人藏身在鐵殼子裡面，被輪子帶動著四處遊走，此時我們接觸到的車都是陌生的。陌生車對陌生車，恰如陌生人對陌生人；對陌生人，我們一向是把他們排除在五倫之外的。儒家教導我們做人要「親者不失其為親，故者不失其為故」，相對於此，當然就「生者不失其為生」

了：陌生人與我毫無關係，我對他一無所求，大可不必對他好；再者，大家相見不相識，我做錯做對做好做壞，不過天知地知他知我知而已，於一己之形象可謂無損亦無補。

此所以平常和氣致祥的人，一旦開車上路就蠻勁十足，如入無人之地。其實哪會真無人，一路之上擁擠得很呢。只因這種人都是陌生人，在大家心目中就形同無人。總歸一句話：「陌路」上誰也不認識誰，所以誰也不讓誰。

全無道德默契

開車行經交通要衝的十字路口，如若不幸碰上因號誌失靈而造成大塞車，那真是八方風雨會中州。當此之時，唉嘆者有之，咒罵者有之，鳴喇叭者有之，探頭探腦者有之，乃至下車觀望者亦有之，可就沒人願意出面疏導，也沒人會反躬自省：為什麼我們這裡每次燈號一失靈，連帶地人心也失靈？

住過東瀛的人都知道，日本人碰到了上述情況，便自動輪流，你那邊過一輛，我這邊接著過一輛；大家依序進出十字路口，彷彿事先就約定好，又好像有個無形號誌在那兒默默指引一樣。靠的是什麼？是用路人彼此對駕駛文明的共識，以及人與人之間恆存的道德默契。後者毋寧更可貴。

反觀我們這裡，只會互相猜忌：萬一我這邊只過一輛，他那邊連過兩輛、三輛乃至一輛接著一輛，我豈不就過不去了（人心隔肚皮呀，誰知道）。於是先下手為強，此時不衝更待何時，這一衝鋒，不幸就陷陣了——陷入重重車陣中，動彈不得。因為對方也正是隔著肚皮這樣想，這樣做。

大家隔著肚皮與鐵殼子，原來還是有默契的，遺憾竟是這種默契。

責人不責己

道路上的紅綠燈堪稱萬國語言，不只信號所顯示的意義舉世皆同，信號要警示的對象也無一不是正面朝它而來的用路人。然而我們這裡有很多人開車看紅綠燈，從來不看自己的。路口等紅綠燈，自始至終盯住對方的紅綠燈不放，一發現人家那邊的綠燈消失、黃燈閃現，他開始蠢蠢欲動，見對方的紅燈一亮，便迫不及待衝了出去。此時雙方同是亮著紅燈，雖然一方是「紅燈頭」，一方是「紅燈尾」，總歸是紅燈，依法誰都不准走。但「紅燈尾」這方一廂情願地認定「紅燈頭」那方的紅燈，才是真正的紅燈，我方則是假紅燈。我可以走，他不許動。

於是就在這種「責人不責己」思考邏輯的導引下，我們的十字路口，隨處可見「搶紅燈尾」的開車人。原先設計雙方紅對紅的短暫緩衝時間，一旦被破壞，結局就只能是激烈衝突了。

車子可不可以通過十字路口，靠的居然是對方的紅燈，而非己方的綠燈。正是這一類以自我為中心的符號解讀系統，搞得交通亂，人心更亂。

心理不平衡

李後主「車如流水馬如龍」是傳誦千古的名句。現代「馬路」已看不到馬，把句中的「馬」換成「車」，不只仍然適用，更見貼切。

奔走在道上的車子，一部跟著一部，這是「車流」；碰到紅燈或塞車停了下來，便首尾相銜，一部黏著一部，「車龍」於焉顯現。這條車龍接之又接，在交通顛峰時刻的大都市，往往可以從這個紅綠燈的路口，直接到下個紅綠燈的路口，綿延不斷。美則美矣，糟的是這第二個紅綠燈的路口就此慘遭堵死了。此時一旦燈號變換，橫向來車明明有權通行，也只好望龍而興嘆了。

被堵的人無計可施，一面祈禱巨龍快快移動，一面免不了心底一陣咒罵。但是，下一回當他開車開到了交通規則所禁止的「行至十字路口，前方塞車，燈號來不及變換，仍然繼續前行」，他一定「仍然繼續前行」，絕不讓車龍中斷於眼前的十字路口。也惟有透過這樣的「回堵」，他才能一出先前無辜被堵的鳥氣，從而獲致心理上的平衡。

車如流水馬如龍，文學上的美，終究難掩人性的醜陋面。

吾從眾，就沒錯

春秋時代，蘧伯玉半夜乘車行經王宮門外，依照規定下車步行。國王衛靈公雖然只看到模糊身影，仍一口斷定那是蘧伯玉，他說只有蘧伯玉這樣的君子，才會如此守規矩，如此慎獨。既然只有蘧伯玉遵守這個規定，衛靈公只能就蘧伯玉個人表揚他的獨善，至於不遵守規定的眾人則無法加以處罰。因為「法不罰眾」。

就是這種法不罰眾的不良傳統，使得大家開車上路全都守不住愼獨，紛紛「吾從眾」去了。雙線道的馬路，一旦有人開始把它當三線道，便會一個又一個地完成接龍；變成三線道以後，若有人把它當四線道，也很快地四條龍馬上成形。如此地二而三，三而四……我所見最高記錄是上班時間北新路上的二分為五，蔚為天下奇觀。

臺灣人開車並非一開始就不守交通規則。通常從乖乖牌到任我行，其中一大轉捩點，便是「吾從眾」心理的抬頭：既然大家都這樣開，跟著大家準沒錯。是沒錯，在我們文化中，哪一件事不是大家都錯也就大家都對了？

自私自利

「人不為己，天誅地滅。」那是針對利己而不損人立論。我們用路人的「為己」，通常只顧自己方便、得利，他人的不便乃至死活，是在所不計的。

高速公路上的路肩，有它急難救助的功能，凡開車的沒人不知道。但只要高速公路變成低速公路，或者想利用它來超車，就會有人衝上路肩。這些人的自私行徑，在黑夜裡最是害人。不久前有一部規規矩矩停放路肩的故障車，就因此被一輛遊覽車撞得車毀人亡。

新烏公路是一條雙線雙向的山路，一路都是急轉彎。急轉彎考驗駕駛人的駕駛技巧，也考驗他的駕駛道德。我每天往來此路，常在急轉彎處碰到大型車跨著雙黃線迎面而來，來勢洶洶，一開始每被嚇得一身冷汗；後來學乖了，右轉便轉小彎，左轉便轉大彎，以避其鋒頭。但只要有自私車，就會有倒楣車。我一個親人的朋友開車送小孩上學，一大早行經像這樣的山路，碰到像這樣的司機，不幸就母死子傷，幽明異路。

此外，有人把車頭燈調得老高，讓近光燈可當遠光燈用，方便自己照路，卻害得來車睜不開眼睛，也是其心可誅，其行可鄙。

人性不能無私，但在利己之餘，縱不能同時利人，至少也不要損及他人、危及他人。我們文化中並非沒有這種道德共識，只是大都留在書本裡頭，鮮少落實到生活中、馬路上。

仗勢欺人

學會開車的第一年，某一個假日的夜晚我第二次駛上高速公路。

一路上各線道的車子川流不息，我在內線一直不敢換車道，走著走著突覺強光照眼，一道又一道，我意識到後面有車要我讓路，卻是想讓而不敢讓，又不敢超速前進。後車於是一再催逼，高強度的閃光夾著高分貝喇叭聲，還幾番作勢要撞上來。我一見勢頭不對，已顧不得速限，不想他加速得更快，從右邊車道趕上來，故意與我同速並排行駛，逼得我本能地向左閃躲，險些就撞上分隔島。回正方向盤後，驚魂未定，忽見眼前一個巨大車影擋住視線，原來他斜插進來了，趕忙踩煞車急停。所幸後車距離尚遠，否則後果不堪設想。事情還沒完，那怪物嚇足了我，在加速離去之前，還閃動著特殊裝置的強光朝後猛刺，傳達的訊息應是：「這次饒了你！以後給我小心點，叫你讓你就趕快讓！」

那是一部人稱「野雞」的大型遊覽車。大型車禁行內側道，他不只喧賓奪主，還一路耍流氓，欺負弱小。事後與人談到這段高速公路驚魂記，大家雖覺可惡，卻也認為不足為奇，以大吃小是臺灣正常的公路現象。有一位不開車的朋友則提醒大家：「車子固然會大欺小，別忘了你們開車的，對行人不也是強凌弱，大欺小？」

願作忍者龜

臺灣有句俗話：「敢的拿去食。」意謂先下手為強，強者得利。或者從另一面說，對不講理的人，你只好讓他。

這樣的「敢者」，馬路上不乏其人，開車等紅綠燈時就常碰到。試看：大家本來排隊排得好好的，帶頭的第一部車也乖乖地不敢「越線受罰」，偏偏就有不知從哪兒冒出來的敢者，一個包抄動作就扭身停在第一部車的前頭。停車的位置很可能就是斑馬線，他就大剌剌地壓在那裡，只待燈號一變，便一馬當先衝了出去。看得車隊裡每個人儘管牙癢癢的，卻不會有人挺身出來干預，頂多縮在駕駛座上暗罵三字經，然後開始集體遁入內心深層，去尋求集體的慰藉：反正他搶的也不是只我一部車，別人都不管，我又何必管；別人都不覺怎樣，我當然也沒怎樣。

就是這樣的一種心態，碰到任何公路惡行，一旦牽涉到群體，個人總是能忍則忍，絕不強出頭；只有衝著我一人而來的時候，才可能硬著頭皮頂上去。這已非「鄉愿」所能形容，無以名之，名之曰「忍者龜」——忍，吞忍也；而龜之為物，蓋縮頭入殼以自保者也。只會龜縮在車殼裡眼睜睜看著「敢的拿去食」的我們，不正如此？

愛面子

有一種高級進口車叫「Benz」，車商音譯作「賓士」，但有不少人用臺式洋腔直接叫它，聽起來就像「面子」。對虛榮心強的人而言，開什麼車確實不屬交通問題，而是面子問題。

家住巷弄裡本不利於大型轎車進出，尤其是迴轉半徑極大的美式車。愛面子的人哪管這些，車子愈開愈大，每見他從這個巷弄轉進另個巷弄，不斷前進又後退，一轉二轉三轉才終於轉了進來。別人看了難過，他卻樂此不疲，難道說此舉正可延長名車露臉的時間？

有人甚至連車庫都沒有，照樣出入有大車，畢竟面子重於裡子，在外面讓人家看到我開什麼車才重要。當此之時人藏身於車廂，車子就成了面子。然而一旦與別車發生擦撞，勢必要走出車廂理論時，是大車或小車已不重要，人本身才是要爭的面子。為了面子，雙方車主沒人會主動自承過失，只一個勁地指責對方。爭辯過程中，一旦引來圍觀，彼此會不約而同提高音量，藉以競相暗示群眾：

「我的聲音較大，所以我有理！」此時聲音又成了他的面子。無論如何斷不可當眾認輸認錯，寧可等事後再私底下和解、道歉。

如此地區分路上與路外、車廂內與車廂外，說穿了無非面子攸關。

欺生

有一位女同事從無車階級晉升有車階級，喜孜孜地第一天就帶大家去看她的愛車。當時我還注意到，新車的後擋風玻璃貼著「新手駕駛，請多包涵」的醒目貼紙。幾天後貼紙不見了，我誇她進步神速，她笑說：「不是啦，是我發覺貼上這個，效果適得其反。我們這邊開車的，不知道你是新手還好，一知道你是新手就拼命超你車，要不然就猛按喇叭，碰到惡劣的，還耍特技戲弄你，搞得我手忙腳亂。想想都是那個貼紙害的——什麼『請多包涵』，不欺負你已經不錯了。真不曉得這些人是什麼心理？也不想想當初他自己也是從新手過來的！」

不錯，老手也是從新手過來的。但是當老手猶是新手的時候，在馬路上受到的也正是這種待遇，並沒有哪一個老手給予包涵，「不欺負你已經不錯了」。因此一旦多年媳婦熬成婆，碰到了新手，便將整個情勢逆轉過來，玩起「馬路復仇記」的遊戲。然而此舉不只復不到仇，反有自虐之嫌。因為他所報復的對象並非老手，而是新手——跟他以前被欺負時的身分、地位完全相同啊！說來可悲，他真正獲得的報復效果，竟是在道路上種下冤冤相報的種子。

一個被稱作「共犯結構」的社會，就是這樣形成的。

小聰明小動作

「臺灣原子科學之父」孫觀漢曾分析我們的民族性，認為少有大智慧，多的是小聰明。馬路所見，略舉一二，以窺其一斑。

臺北市不只卜居不易，停車更是難上加難，於是就有聰明人想出如下的停車妙計：打開後行李廂蓋高高掀起，車後的地面上放置紅色三角標誌，偽裝成故障模樣。如此一來，不只慢車道上的黃線區、紅線區停得心安理得，連快車道上甚至橋面上也要停多久就停多久。

煞車很重要，煞車燈當然有助於行車安全。有人於是將紅色煞車燈改裝成快速閃光的白燈，讓它兼具警示燈的功能，藉以吸引後車加倍注意他的煞車動作。殊不知效果可能適得其反，因為他混淆了煞車燈、倒車燈及警示燈，從而擾亂了後車駕駛人的反應系統。我一個初學開車的朋友，路上乍見此一燈號，讀不出其中訊息，險些出事。

小聰明的人，平生無大志，常在自以為得計的小動作中沾沾自喜，諸如此類。

幸災樂禍

高速公路王田交流道發生連環大車禍，造成十部車起火燃燒、二十餘人傷亡，也導致長達數小時的交通中斷。可怪的是，不只出事地點的南下車道交通受阻，竟然連北上車道也陷入癱瘓。原因是大家紛紛減速觀看，有人甚且硬從外側道切入內側道，以一窺慘狀的究竟。

高速公路如此，其他道路更不用說了，有人乾脆就停車看個夠。

災難現場看什麼熱鬧？歐美人士不解之餘常誤以為我們缺乏人性，殊不知這正是我們表露基本人性的一種具體方式。想想看：祖先所從來的那塊大陸地，過去幾千年來無時無處不天災人禍，人民的生命財產朝不保夕；再看看臺灣目前的交通狀況，道德法令都已失去約束作用，馬路上人人自危。所有這過去與現在的經驗都在潛意識告訴我們：平安即是福。每天早上我們開車出門，晚上能人車無損地回到家，就該謝天謝地。沒回到家前，都不算平安；一旦半路上看到有人出事，很自然便會反觀自身，暗自慶幸至今無事，賤體粗安。

我們所幸所樂的，並非別人的有災有禍，而是自己的無災無禍。所以車禍現場他一定要看，不看，無從證明自己是多麼地平安幸福。幸災樂禍的背後，實有不足為外人道的悲哀。

連喇叭都不友善

按喇叭使汽車發出聲音，是駕駛人藉汽車講話。其所講的話，依照按喇叭動作的輕重緩急及頻率，可大別為友善與不友善兩類。友善的，例如行經狹隘山路、爬上陡坡或進入急轉彎之前，按喇叭意在提醒對方：「這頭有車過來了，請小心駕駛，準備會車。」又如會車時受到禮讓或碰到熟人熟車時，發出的喇叭聲雖然又輕又短，卻充滿了情意。不友善的就多了，包括嫌你開得太慢，催你跟上車流，逼你讓路，罵你「駛車駛到睏去」、「找死啊」等等都是。

臺灣的汽車駕駛人很喜歡按喇叭，所按的常是不友善的那一類，既重且急，聽了叫人神經緊張。在他們來講，反正馬路相逢盡是陌生之車，不必講究禮數，更無須客氣。就連前面提到的本屬善意的山路上按喇叭，到了他們手上紛紛變成了：「讓開！讓開！大爺來了，誰敢不讓開，被我撞上了誰倒楣！」難怪馬路上的火爆衝突，常起因於喇叭聲響。

尤有甚者，既然喇叭聲只剩一種意涵，有些車主（特別是運將），乾脆將單響喇叭改裝成一按便連響「叭叭叭……」的那一種。有人說按那種喇叭無異潑婦罵街，我以為尚不足以盡其形容，因為每次一聽到這種喇叭聲，就恍如身陷戰場，一排機槍正朝你輪番掃射，嗒嗒嗒……

一位旅美多年的朋友回臺看到這種現象，就作了比較：美國不會有人裝這種喇叭，他們也很少按喇叭，通常按喇叭按得最多是打招呼的時候。總之，開車如同做人，從喇叭聲就知你進入的國友善不友善，是君子國還是小人國。

一九九一年二月

從醬缸到冰箱

柏楊說：「醬缸發臭，使中國人變得醜陋。」這裡面的思路是：食物→醬缸→臭而不腐；中國人→中國文化→醜陋。「醬缸文化」可以說是《醜陋的中國人》一書的中心概念。柏楊針對他所稱「一潭死水」的幾千年文化狀態，拈出「醬缸」這個形象化譬喻，不能不說有他獨到之處，比起孫隆基「深層結構」的提法（見氏著《中國文化的深層結構》），不只生動，也較能為一般人瞭解接受。尤其妙的是從「醬缸」還可衍生出「醬缸氣」、「醬缸蛆」來形容某些文化現象，也可把「醬」單獨提出做動詞用：「……都被醬在裡面了。」那些什麼結構什麼系統的，就無此妙用。

柏楊早在《醜陋的中國人》之前，就在雜文中大量使用「醬缸」，且是一開始便賦予負面的含意，認為醬缸以其腐蝕力和凝固力之強，「能使人類特有的靈性僵化和泯滅……即使是水蜜桃丟進去也會變成乾屎橛。」

這顯然是雜文作家「一偏之見」式的重點強調。有人於是也以自己的一偏之見抓住醬缸這個譬喻加以推衍，說醬缸固然會使裡頭的東西失去原味變了質，卻也在失味變質中達到防腐久藏的效果；當文明古國一個個從地球上消失，唯獨中國長傳至今，便不能不歸功於這種防腐的久藏功能。這種反駁如果可以成立，柏楊也可以據之以反反駁，說沒有哪一種醬缸可以讓食物久藏到幾千年的，所以中國文化早已醬壞醬臭，不堪用了。凡此避開本體而環繞著喻體的辯論，註定要淪為文字遊戲，不會有結果的。

無論如何，面對中國文化，柏楊始終急於「撞破醬缸」，他連漢字也徹底否定。在《醜陋的中國人》裡面，他認為「中國的方塊字是腳鐐」，大大妨礙了民族前進的腳步，有拼音化的必要。此一論調其實不新奇，幾十年前魯迅就曾大聲疾呼「漢字不滅，中國必亡」，瞿秋白、錢玄同、陳獨秀，甚至胡適都有類似主張。

文字固然是文化的主要成分與載體，但與醬缸文化並無因果關係，不會形成進步的阻力，日本的情況就可以證明這一點。再者，漢語是單音節的所謂孤立語，一音一義造成大量的同音異義字；即令能統一語音使文字順利拼音化，也會帶來更大的問題：循音辨義的困難。須知現今我們使用的注音符號，當初就是設計來當拼音字母用的，但一試便窒礙難行：同音字太多了。中共在取得中國政權後，改採羅馬拼音，為漢字拼音化作準備。然而至今這一套拉丁化的拼音系統始終無法升格為字母來取代漢字，其作用與源自古漢字的注音符號並無二致：「中」拼成「ㄓㄨㄥ」或「zhong」，都只能記音而無法直接表意。漢字字彙中總共十幾個ㄓㄨㄥ（zhong），孤立看，沒人知道指哪一個。可見，企圖藉著文字的拼音化來徹底撞破醬缸，是不切實際的。

「猛撞醬缸」的柏楊就如同朱正生所說的，「是一個病理學家，而不是一個生理學家。」（見《醜陋的中國人》二六一頁）柏楊一刀切地把醬缸的形成歸諸傳統文化，而傳統文化又以儒家文化為主流，於是儒家學派的兩位主要人物「孔丘先生」和「孟軻先生」，也就成為他不斷嘲諷、批判的對象了。吾人如能站在宏觀角度審視歷史，當會發現醬缸文化是儒學旁支及其末流與專制政體結合以後，才逐漸凝聚成形的；成形後，醇正的儒學也跟著身不由己被「醬」住了。可以這麼說，孔孟思想不但不是醬缸文化形成的決定因素，孔孟二人本身甚至於還是醬缸文化的受害者。

這種情形，就如同西方十五、六世紀時極端世俗化與腐化的羅馬教廷，假借上帝與耶穌的名義發售贖罪券；如此的斂財行徑，既不是上帝的意旨，也大大違背了耶穌創教的初衷，馬丁路德才敢根據《聖經》起而抗爭，一顆石頭激起千層浪，完成了宗教改革。中國的問題就在於：當醬缸隱然成形，而儒家思想一再被野心家扭曲、利用時，缺少馬丁路德那樣的人物挺身而出。所以，皇帝把一大群人變成不男不女的第三性關入內宮，沒有人敢阻止；皇帝用禁錮性靈的八股文套籠天下讀書人，沒有人敢反對；皇帝以天下為家而又視人命如草芥，沒有人敢吭氣；皇帝一餐的花費，可供五千平民吃一天，沒有人敢諫阻；皇帝神化自己，以天之子自命，讓天下人對他膜拜，更是只聽到足下一片山呼萬歲聲。

這顯然跟逆來順受的民族性格有關，而民族性格又不能片面看作是文化環境的產物。事實上文化固然鎔裁民族性，民族性也常反過來型塑文化，其間的因果交纏，是很難加以釐清的。

問題還有更難解的，醬缸這種東西既然如柏楊所說，「水蜜桃丟進去也會變成乾屎橛」，那麼一切外來的新文化，一旦移植到了中國，便註定要變質，要「醬在裡面」。在這種情況之下，「猛撞醬缸」目的何在？撞破後裡頭的食物就此任其腐爛？該不該將中式傳統的醬缸換成西式現代的電冰箱？換成冰箱後，新的問題來了，裡面存放的東西是要傳承自醬缸，還是另行生產？這不啻又回到百餘年前「中體西用」或「全盤西化」的歧路亡羊了。

一九八七年八月

烏鴉與喜鵲

胡適〈老鴉〉詩第一段：

我大清早起，
站在人家屋角上啞啞的啼。
人家討嫌我，說我不吉利——
我不能呢呢喃喃討人家的歡喜！

明眼人一看就知是胡適夫子自道，所謂「寧鳴而死，不默而生」。華人社會是個隱惡揚善、報喜不報憂的社會，政治上知識分子競相做討人喜歡的喜鵲，像胡適那樣寧可討人嫌也要當烏鴉的，並不多見。

我們喜歡喜鵲討厭烏鴉，應與牠們叫聲討不討喜有關，但由喜、厭而推出吉、凶，就流於非理性了。喜鵲和烏鴉如果真懂得報吉報凶，那牠們只是負責傳達訊息，提醒你及早做準備；至於吉凶的事情並不是牠們促成的，「烏鴉叫帶來厄運」的說法未免倒果為因。純就報訊的功能看，烏鴉理應比喜鵲更可愛，更值得我們感謝。畢竟人生際遇之中需要防備的，是凶而不是吉。遺憾的是吾人面對凶事壞事的態度，往往是掩耳盜鈴式的「以不知道當作沒發生」，因此「沒有壞消息」就是「沒有壞事情」，對烏鴉嘴就只有嫌厭的份了。

對好事壞事一體接納的氣度，洋人優於華人，政治人物尤其如此。他們也比較有勇氣去面對事情不好的一面，至少不會只報喜不報憂，要不然也不可能產生「No news is good news（沒有消息就是好消息）」的俗諺了。有趣的是洋人也普遍對喜鵲不存好感，甚至視為不祥之鳥。更有趣的，喜鵲的叫聲居然中外有別：在中國清亮討喜，在歐洲聒噪討厭。看來愛做喜鵲的中國知識分子，到歐美就不怎麼受歡迎了。

一九八一年五月

美麗之國之美

天行有常，冬去春來，季節的遞嬗輪替，亙古如斯。西元一九八一年冬春之交的一月二十日，美利堅合眾國換了國家領導人，一國的統治大權和平而有秩序地由這個黨這個人移轉到另個黨另個人，這是兩百年來的第四十次。多麼難能可貴且又無比莊嚴的時刻，而新的領導人對世人宣稱：「在吾國，這只是習以為常的一件極普通事情。」我思索此言，仰望著蒼穹，流年正暗中換；天上人間。

第二天，才踏進辦公室，聽到有同事手捧報紙驚叫：「太浪費了，美國新總統就職大典居然花了八百萬美元！」我說了：「像美國這種移轉政權的模式，花八千萬也值得！」

我甚至想說八百億也是值得的，畢竟民主、公義與和平都是無價的。看看中南美洲、非洲、東歐、東亞、中南半島、中東等地的國家吧，有的憑槍桿子奪取政權；有的經由流血完成革命，革命之後又有革命；有的以一人一黨長久把持政權，民主其名而獨裁其實；有的以不正當手段影響大選結果……紛紛揚揚，莫不把國家公器當成了私利品。相形之下，美利堅一立國便民主，一民主便累世不變，不啻是人類文化史上的奇蹟，萬國的典範。八百萬的代價實在微乎其微。

若說美國真是「美」麗之「國」，則她的美不在於地大物博、民生富裕，更不在於科技先進、軍力強大，而在於孕育著人權、自由、平等、民主等普世價值的美國精神。這樣的一種人文之美，地球上絕大部分國家與人民，連作夢都夢不到，甚至不敢夢到，包括號稱「美麗之島」的臺灣。

一九八一年四月

後記：

美國《獨立宣言》開宗明義的一句話「人人生而平等」，臺灣讀過高中的人都能琅琅上口，但對「平等」的精義只怕就不甚了了了。十幾年來，為了深度旅遊美國，頗讀了些有關美國歷史與文化的書，其中一本提到「美國主義」有謂：

美國主義最吸引人的是平等——這不是社會地位或報酬的平等，而是機會的平等。

「機會的平等」說白點就是：人人有機會，即便國家領導人的選舉也是如此。此所以歐巴馬才能以黑人後裔第二代移民的出身而入主白宮，領導一個以白人為主的國家。

如此的一種「美國機會」固然建立在平等的基礎之上，然而平等又須以自由與多元為基礎。唯有自由而多元中的平等機會，才是真正的「美國機會」，或者我們換個稱呼，說它是「美國夢」。

當今之世，有強國的領導人一心想帶領國家作夢，就應作這種夢，才是人民之福，萬國之幸。

二〇一三年三月

斷想錄十九章

弱者

當了幾十年的行人，面對有車階級，我始終覺得自己是弱者。且看那沒有紅綠燈的斑馬線，車子開到這裡總是加速通過，而且一部接著一部，反正就是不留給行人任何過馬路的空檔。碰到這種情況，行人就算法理俱在，也不敢跟他爭路權。突然有這麼一次，有車子居然停下來示意你先過；你在驚疑不定中報之以感激，忍不住就回頭再看他一眼，看看車內坐的究是何方善士。

久假而不歸的權利，一旦從強者手中回到身邊，便搖身一變，成了對方的「恩賜」。這是很莫名其妙的事，卻又那麼自然地發生在你我身上。

臺灣在民主化之前，不也是處於這種強弱失衡的狀態？統治階層以強者之姿御此下民，收了稅做了一些該做的事，常就被頌之為「德政」。於是乎長期戒嚴剝奪人民的自由，有朝一日突然賜還你了，怎能不感激又涕零呢。

希望

靠著希望過活，有時活得很莊嚴，有時卻也卑猥不堪。這裡面的關鍵，在於是否盡了人事。人如果一廂情願把未來交付給「聽天由命」，而以為這就是活在希望之中，殊不知到頭來所能盼到的，常只是太陽依舊從東方升上來，也再度帶來光明；至於原先他希望會自動改善的現況，卻是一點也沒變。如此一天盼過一天，眼看這輩子是沒希望了，沒關係，還有下輩子。總之，一切逆來順受，就一切在希望之中。

這樣的為希望而活，活得毫無尊嚴，卻可以活得長久。個人如此，整個族群何嘗不如此。中國歷代的被統治者對統治者沒有選擇的自由，只能希望出仁君讓小民得到應有的照顧；不幸盼來的如是昏暴之君，也只能寄望於「下一個會更好」。實在受不了了，造反吧。新朝會比舊朝好？無奈史冊斑斑的鐵律是：「興，百姓苦；亡，百姓苦。」於是退一步想，好死不如歹活，活著就要讓希望繼續下去。就這樣循環反覆，代代無窮已。這現象有學者稱之為「歷史的磨道（磨道：驢子推磨反覆繞行的路徑）」，倒也形象貼切。

大嗓門

梁實秋說文明程度愈高，說話愈不以聲大見長。至於為什麼文明幾千年的中國人說起話來嗓門特別大，梁先生認為是農業社會大家在田野間隔著畎畝阡陌，遙相對喊，喊出來的習慣。也有語言學者認為這跟漢語聲調具辨義作用有關：說話若不大聲，平上去入就不分明，「水餃」會變成「睡覺」，導致誤解叢生，有礙和諧。另有一說，來自於《醜陋的中國人》的作者柏楊，他「醜陋」地認為中國人大聲說話是缺乏安全感的一種自衛反應，「聲音大就是理大，只要聲音大嗓門高，理都跑到我這裡來了。」

順著柏楊「缺乏安全感」的理路，我們還有個發現：與專制時代高壓統治下的集體恐怖經驗有關。那時代，不止「偶語（只講對方聽得到的話）」要殺頭，有時連「腹誹（在肚子裡批評政府）」都要論罪。小老百姓於是有話不敢藏在肚裡，講出來也一定讓周遭的人都知道我在講什麼——我可沒罵今上，沒挑撥人民與政府之間的感情，大家都聽到了。如此，嗓門焉能不大？

報

崔瑗〈座右銘〉有云：「施人慎勿念，受施慎勿忘。」從人際的互動關係加以檢視，第一句即便不是廢話，也只可能是陪襯用的。因為既然受施的不忘恩就會報恩，施人的念或不念都不影響結果。

報的觀念在華人社會根深柢固。「人情一把鋸，你來我去」，華人所做的不得不做的事情當中，衝著人情債而來的，應不在少數。因此便有那奸巧的，會利用人家不願欠人情債的心理弱點，讓他乖乖為我所用。

荊軻為燕丹刺秦王是箇中典型。燕丹心知派去刺秦的人勢必一去不復返，欲得此大報，非施予大恩不可，「於是尊荊卿為上卿，舍上舍。太子日造門下，供太牢，具異物，間進車騎美女，恣荊軻所欲，以順遂其意（太牢：指上等美食。異物：珍奇寶物。間進：不時獻上）。」這還只是正史記載，野史甚至提到：宴會中荊軻無意間讚美了歌妓「好一雙漂亮的玉手」，燕丹聽到了，便叫人剁來獻上。百般討好荊軻，已經到了無所不用其極的地步。荊軻居然就乖乖入其彀中，「君子死知己，提劍出燕京」。其實說穿了，不過是人情的利用與被利用而已。壯士云乎哉？君子云乎哉？從裡面我們只看到愚蠢、自私與殘忍。

華人社會中的人情值得提倡的，應是諸如素昧平生的漁父助伍子胥渡江，以逃過楚王的追殺，或者漂母對韓信純粹基於同情的「哀王孫而進食」，絕不是燕丹對荊軻的施恩以望報。那樣的人情，陰謀而外，更是對人性的一種摧殘。

猜

對聯和燈謎是華文文化圈特有的兩種文字遊戲，其中猜謎尤其好玩，大家玩上癮了，不只文字與文字之間喜歡玩，人與人之間也玩得不亦樂乎。常常逢人只說三分話，不肯拋出一片心，不然就是拐彎抹角地不明講，甚至說出與心中原意相反的話，逼得你動腦筋、花時間去猜他真正的意圖。

猜中了，他高興；不幸猜錯了，常因誤解而誤事，甚或雙方就此關係破裂。

有臺灣女孩陪日本女孩逛遊臺北街頭，走著走著，臺灣女孩三番兩次問「妳累不累」，日本女孩在三番兩次回以「不累」之後，按捺不住了，反問：「為什麼我已說不累，你還不停地問？」臺灣女孩苦笑說：「因為我累啊！」

就如同猜謎一樣，這種人與人之間猜心事的遊戲，也可能發展成一門藝術或學問，所謂人情世故指的正是這個。處在這種環境之中，華人人人練就一副「以己之心，度人之腹」的本事，而人人胸中也都各有一座城府。華人可說是世上最具「深度」的民族。

偽

華人為了顏面情面與場面等和諧表象，彼此之間喜歡做一些心照不宣的假事，也說一些心領神會的假話。有時明明知道對方做假、說謊，你不會怪他騙了你，反倒感激他「給面子」。

大學課程有所謂「導師時間」，有一位導師把這個時間交給學生做讀書報告。學生沒照著做，惹得平日難得生氣的教授大動肝火，數落了大家一頓。其中有一句訓言頗為經典，他說：「做也要做出來！」做學生的只能從善意加以解讀：老師藉此實施機會教育。

荀子說：「禮者，偽也。」這個「偽」在當時是指人為的、非自然狀態的，演變到後來就成了今天「做也要做出來」的虛偽文化了。

智慧

華人是有智慧的民族，不過華人的智慧往往只發揮在人事上面，而且手段高明得很。東漢的許武被察舉為孝廉後，想到兩個弟弟猶未有功名，於是他心生一計，分家產時，獨取最大最好的一份，且故意讓外面的人以為是兩個弟弟推讓給他的，終於使得兩個弟弟因此而登上孝廉的名位。他這才重新分產，取最少的那一份，對弟弟對族人都有了交代。

就是這樣，聰明才智大都消耗到人事上面去了，用在物理探究方面的，十分之一都不到。更糟的是，像許武這種跡近詐偽的「智慧」，一旦披上孝悌之類的道德外衣，就會普受肯定，從而吸引更多社會精英貢獻這樣的聰明才智。華人社會的物質文明一直跟不上精神文明，原因在此。

殉情

「世事洞明皆學問，人情練達即文章。」這兩句是採互文足義的表達法，理解時須拼合起來看，較能掌握準確的語意：世事人情通達了，才算真才實學。由此也可看出人情在華人社會所扮演的舉足輕重角色。

事有事情，人有人情，而我們只看重人情，做人做事常會以事情殉人情。而這種殉又只限熟人與熟人之間，不會一視同仁擴大到所有人，於是「殉情」轉而成了不折不扣的殉私——以公殉私。

此時被犧牲掉的，往往是現代法治社會最需要的公平與正義。

我們的感慨是：社會上公領域裡面，徇情之舉司空見慣，徇道偶有所聞，至於徇法則直如龜毛兔角了。

不守法

從交通混亂這一點，就可以看出我們普遍缺乏守法的精神。對此，有人覺得可惡，我卻覺得可憐，因為這是專制時代二千多年高壓統治所「培養」出來的心態。

專制時代統治者對於逆來順受的被統治者，一向予取予求。制訂法律不徵求人民同意也就罷了，心不能平的，是執法者（官吏）只要求人民守法，而自己常置身法外，立法者（皇帝）更是超越法之上。人民對法律因此一方面採取敵視的態度，一方面藉著陽奉陰違的不守法小動作，從事他迂迴的、消極的反抗。孫隆基《中國文化的深層結構》說這不是一種確立自我的反抗精神，而只是使人格失去尊嚴的另一種形式的自我壓縮。

看到國人的不守法，想起孫隆基的話，令人興起一股深層的悲哀。

有辦法

在我們這個社會，誰逃漏稅逃得多，誰「有辦法」；在先進國家，則稅繳得多的才是「有辦法」。某位歸國學人談到此一現象，感嘆之餘，他大惑不解。

其實此惑並不難解，但須追溯到專制時代。專制時代統治者站在自己立場訂出來的法律，被統治者縱有不平不滿，也不敢反抗，私下則對那些敢「觸當世之大諱」的人，既佩服又認同：「總算有人為我們出了一口氣！」所以「以武犯禁」的游俠到了司馬遷筆下，簡直成了「犯法英雄」。司馬遷肯定這些人的法外正義，雖與其個人的特殊遭遇有關，而歸根究柢，問題仍出在專制。

到了民主時代如果還把玩法者視為英雄，肯定他「有辦法」，那是法治社會的悲哀，該檢討的不是只有人民，更有政府。

講道德

新中國最富「運動精神」，連運動場以外的運動都蓬勃發展，「領導」尤其樂此不疲。改革開放以後，於政治運動之外，又有文化的、社會的、精神的種種名堂不一的運動。最近聽說推行「五講四美運動」，有所謂「講文明」、「講禮貌」等。這應是一件好事，但看他們所用的運動名稱，你不免要懷疑：禮貌是個人的行為，文明是集體的表現，不做光「講」，行嗎？

華人就是喜歡講不喜歡做，經史子集固是仁至義盡，市井小民也常常滿口仁義道德。南懷瑾曾在《莊子諵譁》中概嘆中國幾千年文化「標榜的忠孝仁愛等等，實際上一樣都沒做到」。其實早在孫中山對中國革命時就說過：「照實行一方面講起來，仁愛的好道德，中國似乎不如外國。」強調「實行」不如人，言下之意，講論方面則舉世無匹。

人人「講」道德的結果，便成了人人只要求別人實踐道德，而我例外。有兩人在路上吵架，甲說：「你沒良心！」乙說：「你沒天理！」王陽明路過聽到了，轉頭對學生說：「你們聽，他們兩人也在『講學』啊！」（王陽明自己講學講的正是存天理，致良知。）

難怪柏楊要說華人的道德水準是第一流的，但全在書本上和口頭上。

泛道德

幼兒世界是個童話世界，他們透過自身「人」的觀點來看這個世界，於是白雲有了家，玉蜀黍長出鬍子。大人呢，喜歡透過道德眼光看待一切人、事、物，似乎還未脫離童話的世界。

其間不同的是：小孩子的擬人，是要人以外的東西向人認同；而大人的泛道德觀，卻常常要人向人以外的東西認同。古人有所謂「比德」，就是屬於這方面的傾向。劉向《說苑》就提到水有十一德：似德、似仁、似義、似智、似勇、似察、似包蒙（包容愚昧）、似善化、似正、似度、似意，所以「君子見大水必觀焉」、「君子比德焉」。

西方近代有精神分析學派，把夢境中的具體物全看成性暗示、性象徵。從心理投射的角度看，中國古代儒家學派的泛道德觀與這樣的「泛性說」，頗有異曲同工之妙。

歷史

中國本土不產宗教，蔡元培一心想拿美育當宗教，有人則以為孝道就是中國的傳統宗教。其實如果從「死後審判」這一點加以考較，也只有歷史才具有這種超世俗的功能。

一個人在歷史上遺臭萬年，不啻被判入地獄，永難超生；反之，死後能留芳百世，進入歷史就如同進入天國，得了另一種形式的永生。因著此一信念，就有人不計較生前得失，甚至忍受常人無法忍受的屈辱和苦難，一心等待歷史的救贖。如此的殉道——其實是殉史，隱含著宗教情操。

明代楊繼盛遭嚴嵩陷害致死時，年僅四十歲，但看他寫的〈絕命詩〉：「浩氣還太虛，丹心照千古。生平未報恩，留作忠魂補。」彷彿他可以活得與歷史同其悠久。

後來又有一個十七歲就死於抗清的夏完淳，赴義前寫有〈上母書〉，說是留給母親，其實是留給歷史：「人生孰無死？貴得死所耳。父得為忠臣，子得為孝子；含笑歸太虛，了我分內事。……神遊天地間，可以無愧矣！」從宗教觀點看，「含笑歸太虛」，無異於上天堂安息主懷，而「神遊天地間」就是得永生了。

無名氏

歷史在西洋固然是男人活躍的舞臺，所謂「History」；在中國，一部二十五史更形同男人爭相趕赴不朽的簽到簿。至於女人，除了極少數例外，做了再了不起的大事，能讓她留下姓氏，已算是寵遇。有的乾脆就讓她附屬於男人，既失去了姓名，也失去了獨立人格，諸如孫叔敖母、孟（軻）母、陶（侃）母、樂羊子妻、黔婁妻、聶政姊。記載歷史的男人只想讓人知道：某一成功成名的男人背後有一個女人，如此而已。

女人既做弱者，又做無名氏，看似委屈，實則好事壞事都不沾名，有失也有得。以南宋時同臺演出歷史大戲的兩婦女為例：前者，是刺字激勵兒子報國的岳飛母；後者，是助夫陷害岳飛的秦檜妻。今天杭州西湖岳王墓前的秦檜夫婦跪姿鐵像，胸前皆鑄有名牌，男的是有姓有名的「秦檜」，女的則「王氏」而已——如假包換的無名氏。

英　雄

中國歷史充滿弔詭。成者為王，敗者為寇，是它的一面；成者為凡夫，敗者為英雄，又是它的另一面。

從中國近世所界定的民族主義觀點看，民國以前真正抵抗外族、有功己族的應是戚繼光。但他在歷史上始終無法獲得與此相應的英雄地位，與岳飛、文天祥、鄭成功這三大「失敗英雄」相較，戚繼光的不幸在於他抗倭成功了。

再從唯漢主義的民族觀點看，比戚繼光更不幸的是唐朝的郭子儀，平定胡亂、擊退吐蕃，幾乎是改寫歷史的人，卻鮮少有人想到他是民族英雄，頂多看作王室的中興功臣、一代名將而已。然而如果從「千秋萬歲名，寂寞身後事」來看郭子儀，他又是極其幸運的人：他因成功而在生前享盡榮華富貴，又因成功而高壽而兒孫滿堂（其中有皇帝外孫），羨煞世人。

無論如何，戚繼光、郭子儀都稱得上是「成功的非英雄」，至於「失敗英雄」也並非單純只看失敗，仍須著眼於不成功便成仁這一點。準此以觀，項羽是值得同情的失敗者，卻不是什麼英雄。後人同情項羽是因為：第一、擊敗項羽的劉邦並非高尚人物；第二、撰史者司馬遷心理投射所形成的幻影，膨脹了傳主的形象。

大男人

有一個新女性主義者，對社會上的政治資源未能平均分配給兩性，迭有煩言，將此一現象譏之為「天下為公（天下是公的的天下）」。

其實不見得男人都喜歡參政，喜歡談政治倒是真的。政治而外，性也常成為男人聚談中的話題，這大概跟他們潛意識裡伏藏的控制慾有關。男人即使無力「管理眾人之事」，多少也想管理管理某一個或多個女人，以遂其意志。「醉臥美人膝，醒掌天下權」可謂大男人思想極致的發揮，一般男人當然做不到，於是只好聚在一起，嘴巴說說，相濡以沫而已。

張系國稱這種男人為「沙豬（男性沙文主義的豬玀）」，倒也傳神。

唐玄宗

儒家思想一旦落入野心家手裡，經常會被挖出柔順的一面（古書：儒者，柔也）加以利用，「天子以孝治天下」就是從這種背景冒出來的。皇帝說孝順是天之經地之義，凡我子民都應孝順，孝順的人不該做出殺頭的事。至於做什麼事會被殺頭乃至夷族，專制時代倒是人人心裡有數。這樣一來，提倡孝道的美名得到了，製造順民的目的也圓滿達成——孝子、順民二合一，皇帝當然笑呵呵，死後的謚號還不忘冠上「孝」字，如「孝文帝」、「孝景帝」、「孝武帝」什麼的。

唐玄宗以天子之尊而注解《孝經》，其中如果有陰謀，一定在此。無奈人算不如天算，最後起來反他的，偏是安祿山那批胡人。胡人向來都是不怎麼重視孝道的，漢人撰寫的史書都如此一口咬定，還說他們很多行為像禽獸，甚至追溯人家的祖先是野獸傳的種。唐玄宗他大概「以一部《孝經》治天下」就不讀史了，不然就是惑於楊貴妃而思不及此。

長城

自從滿人入關，把滿洲帶進版圖，把內外蒙一起收為藩屬，萬里長城便失卻屏障作用，所餘的只是一堵象徵。

賈誼〈過秦論〉：「〔始皇〕乃使蒙恬北築長城而守藩籬，卻匈奴七百餘里。」從秦經漢到明代，不斷修築這堵超大圍牆來擋住北方的游牧民族，整體戰略上始終是消極的、守勢的。從這一點看，說華人/漢族愛好和平，大致符實。

然而，中國邊塞上的長城就如同其內地大大小小的城池，以及街坊（坊：城內用高牆圍出的住宅區）、村寨、莊院、寺院、四合院、學校的圍牆一樣，一副對外人深閉固拒的態勢，正反映出華人愛劃圈圈的心理，以及對外對內都缺乏安全感的一種集體潛意識。

萬里長城是華人「人不犯我，我不犯人」的種性象徵，卻也是閉鎖心態的產物。

七矮人

對《白雪公主》耳熟能詳的人，一定忘不了裡面那七個好心救人的矮子。據說華德迪斯奈當初把這個故事搬上卡通，一度曾把七矮人設計成華人模樣。這個故事外的故事，聽來未免叫人難過，為什麼華人就不能當白雪公主、白馬王子？

美國人之所以會由七矮人聯想到華人，除了個子矮小以外，下列族群特徵應也包括在內：一、歷史悠久（年齡老大）；二、人口眾多；三、思想單一，行動劃一，有集體主義的傾向；四、吃苦耐勞，只知不停地工作；五、本性善良，不會害人，偶爾也想當當救命恩人。

如此的刻板印象，到底是醜化或丑化或只是純中性的描述，已難以究詰。華人應該慶幸的是，畢竟洋鬼子沒有派你當壞皇后。

早報與晨考

有一個國中生說他每天放學回家，一定先做三件事情：喝水、上廁所、看報紙；後二者是同時進行的，看的可不是晚報，而是早報。把早報當晚報看，國中生每天忙著上學忙到什麼程度，於此可見一斑。

我想起了小學《國語課本》裡的一課：

誰起得早，
媽媽起得早，
媽媽早起忙打掃；
誰起得早，
爸爸起得早，
爸爸早起看書報。

同樣是早起，硬派媽媽去打掃，而讓爸爸蹺起二郎腿來看報，難怪有女老師教到這裡越教越不舒服，要提出抗議了。不過一旦將這個比較擴及全家，便發現到：在一家都早起的人裡面，最值得同情的是就讀國中的小孩了，十五歲不到的年紀，每天總是最早出門，而且常慌慌張張早餐都來不及吃。那情景，緊接著「爸爸早起看書報」來做個排比式的類化描述，應是這樣的：

誰起得早，

哥哥起得早，

哥哥早起赴晨考。

打從學校生活淪為考試生活以後，我們的國中生，每天一起床便固定有個晨考在等著他。不要說沒時間，就算有時間也沒心情能像爸爸那樣「早起看書報」，於是早報就此晨昏顛倒，到他手中變成晚報了。至於為什麼要躲到廁所去看報，那個國中生說了：「一方面是反正坐馬桶上閒著也是閒著，一方面怕媽媽看了會罵：『又在看報紙！還不快去讀書！』」

在讀書至上、升學第一的社會風氣影響之下，類似這種「教育媽媽」可能還不在少數。也不知是幸還是不幸，有一年北區高中聯考前夕，有共軍米格一架，由范園焱駕駛，飛越海峽而來。那是反共時代的大事，考場如響斯應，命題作文換成「米格機投誠的啟示」。只讀書不看報的考生個個丈二金剛摸不著腦袋，甚至有人渾然不知「米格機」為何物，以為那是一個姓「米」名「格機」的人。這次突擊，驚醒了「教育媽媽」的迷夢，開始對孩子「開放報禁」，所持理由是：對聯考有幫助。

禁止看報紙和鼓勵看報紙，都是為了聯考。國中生竟是如此這般活在聯考重重圍困之中，連看個報紙都躲不開它的陰影，可知這陰影已膨脹到何等巨大的程度。

也有些媽媽一開始就鼓勵孩子看報紙，理由當然也是「對聯考有幫助」：除了抓時事性的社會科考題以外，也包括提昇語文程度——其實所謂提昇語文程度，說穿了不過是考場作文得高分罷了。但不管是為了時事性考題或作文分數，一旦你清楚國中生的讀報習慣，便會發覺教育媽媽的願望十之八九要落空了。

這些年來我藉著「報紙與我」的命題作文，對學生所做的非正式調查，發現國中生偏愛的報紙版面不外乎體育版、綜藝版、社會新聞版，再加上電影廣告和漫畫，僅此而已。很明顯地國中生看報紙不過藉以調劑枯燥的學校生活。這也應該算是正面功能，儘夠了，教育媽媽們實在不必指望孩子能從中汲取什麼語文養分。除非孩子讀報時將目光轉至社論、專欄及副刊，否則憑社會新聞版面上那種快筆速寫的新聞稿，讀了只怕對作文非徒無益，反而有害。

衷心希望教育媽媽們不要再做升學主義的幫兇，至少讓孩子看報能享有免於聯考壓迫的自由。當然最希望的是考試領導教學的環境能徹底改變，各國中不再晨考，讓每家的孩子都能跟爸爸一樣，享受「早起看書報」的一日之始。即令他不想看書報，疊疊自己的被，或者幫幫「早起忙打掃」的媽媽，豈不也是一種教育？

一九八七年十二月

後記：

教育部今年二月宣布將推動國中「晨讀」以取代「晨考」，這又是頭痛醫頭，腳痛醫腳，而且根本沒有對症下藥。須知我們的教育渾身是病，而病源只在升學考試。因為這種考試採取「聯合」招生、「統一」測驗、「標準」答案、「比較」成績的方式，使得考試領導教學——單一的考試領導僵化的教學——等病態教育有了合理存在的依據。晨考的出現不過是一潭死水中的一個浮漚而已。

教育部如若有心導正教育，就應廢除任何統一型態的升學考試。遺憾的是教育部始終只敢改不敢廢，這十幾年來改來改去：聯合招生入學考試、學科能力測驗、指定科目考試、統一入學測驗、基本學力測驗、國中教育會考、高中特色招生考試、素養評量（後三者擬於實施十二年國教時採行）……只是名目上、形式上有所不同，本質上仍不脫聯合、統一、標準、比較等聯考特性；連中學生都知道所謂「教改」，不過是改改聯考的名稱。改來改去，校內不當的考試不減反增，校外惡性的補習益形猖獗。教育部對此視而不見，一心只想「以晨讀代晨考」，以為如此就能減輕學生的考試負擔？

我擔心萬一教育部晨讀方案推動成功，國中生勢必要增加一種新的考試——針對晨讀內容所作的考試。教育部主其事者難道不知「考試領導教學」的引伸意義正是「為考試而讀書」？

二〇一三年三月

ㄍㄛㄍㄛㄍㄛ與ㄐ一ㄐ一ㄐ一

髮禁解除之前，各級學校中，小學、大學都可蓄髮，唯獨中學生的髮式受到嚴格限制，這是頗堪玩味的教育現象。中學生的年齡介於十三歲到十八歲之間，是所謂青少年時期。這個時期正處於人生過渡階段，不大不小，自我的觀念仍屬模糊，角色的扮演一向尷尬。有時候覺得自己像個大人，大人卻只把他當小孩子；有時候大人認為他已經長大了，自己總覺得還小。不只他們搞不清楚自己是大是小，大人其實也懵懂得很。當初他們的頭髮，就是在這種既不能像小學生那樣小、又不能像大學生那樣大的情況下，被剪掉的。

這一段歲月之所以被稱為「尷尬期」、「困擾期」，不是沒來由的。

青少年最主要的困擾，並不在於不大不小——如果真的不大不小，就當個「中」倒也好辦——而是在於既大又小：在某些方面被當大人看，某些方面又被看成小孩子。或大或小全視大人的教育需要而轉移，如此脫離生理的「轉大人」方式，當然令他們困擾。大人們這樣做也不是沒有原則，通常是行為方面要求他們做小孩，思想方面則要他們學做大人。前者可以稱之為「約之以禮」，後者當然是「博學於文」了。

為了「約之以禮」，所以限制級的電影不許看、香菸不准吸、談情說愛嘛時候未到、性事萬萬碰不得；至於大人講話一定要聽，「囝仔儂有耳無嘴」是美德。

為了「博學於文」，成人社會所應具備的思想觀念，不能不及早確立。所以我們的中學教科書滿佈大人觀點、大人語氣，內容也常與青少年的生活經驗脫節。

收在國高中國文課本的文章，沒有一篇是青少年寫給青少年讀的；作者清一色是大人，而且常是上了年紀的老大人。當然大人也可以寫出適合青少年的作品，問題是作者當初創作這些詩文，並非把讀者設定在青少年，而是與作者年紀相仿的大人。詳加檢視，內容方面勉強能契合青少年生命體驗的，高中課本只有陳之藩〈哲學家皇帝〉；國中課本稍多，有〈夏夜〉、〈母親的教誨〉、〈父親的信〉、〈陳元方答客問〉、〈兒時記趣〉、〈負荷〉、〈觸發〉、〈故鄉的桂花雨〉等，但仍然不成比例。至於文類的取捨，既未能顧及均衡原則，更沒有考慮到青少年的需要。

青少年是滿溢著詩情畫意的人生階段，很多詩人的詩齡都是從這時期起步的。詩人陳義芝也持此看法，曾跟他在共事的國中新詩社團指導學生創作，他頗驚艷於小詩人意象之靈動瑰奇，喻之為「星子都美麗」。另有一位詩人甚至認為青少年到了「寂寞的十七歲」如果還沒有寫詩的衝動，那註定成不了詩人。然而高中國文課本居然看不到一首現代詩；古典詩倒不少，但只有欣賞價值，而無示範作用。

小說應該是最能引起青少年閱讀興趣的文類。以前國中課本還選入黃春明的〈魚〉，現在則不論國中、高中，當代小說一概擯斥不錄。所選古典小說常只節錄片段，結構、情節慘遭割裂，只能當散文讀。其實現代小說頗有適合青少年閱讀的作品，所謂「少年小說」、「校園小說」就是。若嫌篇幅太長，選一些意味雋永、文辭優美的小小說，藉著故事來吸引他們學文修辭，當能收事半功倍之效。小說而外，甚至戲劇也可以考慮選入。如此，不只更能博學於文，又可藉以試探學生語文能力的性向，益處多多。

常有人感嘆學生語文程度低落，又有幾人想到，面對著連續六年一冊又一冊的「要小孩學做大人」的國文教材，學生的學習情趣同樣低落？

想起一首童謠：

母雞罵小雞，你這壞東西；

教你ㄍㄛ ㄍㄛ ㄍㄛ，你唱ㄐㄧ ㄐㄧ ㄐㄧ。

國語文教學的現況何嘗不是如此？推而廣之，有關青少年「困擾期」的諸多教育問題，也都可作如是觀。

一九八八年二月

過度學習與不學習

青少年走出家庭與學校最常去的地方，MTV、麥當勞、租書店、電動遊樂場等休閒場所之外，就數升學補習班了。

有一年暑假，我到新公園（今二二八紀念公園）附近辦事，途經那名聞全臺的補習街，碰到一個往日的學生。這個學生國中時成績一向名列前茅，上的又是一流高中，在此相遇，頗覺意外，笑問：「怎麼？你也淪落到補習街來了？」更令我詫異的，是他來此補習的理由：「暑假嘛，反正閒著也沒事，而且同學大家都來了嘛！」

補習，竟成了閒著沒事趕時髦的一種玩藝兒。這倒是值得留意的怪現象。

補習屬補救教學性質，是帶有診斷治療作用的，學不好才要補習，就如同身體不好才須吃藥一樣，除非你吃的是那種沒病也可吃的所謂「補藥」。舊時有一種人，家裡很有些閒錢沒地方花，沒事就抓些藥回來進補；不管身體狀況是否有此需要，至少吃得起貴蔘蔘的補品，就是一種值得炫耀的滿足。中學生愛上補習班進補，緣於此一心理的恐怕不在少數。

這誠然有點莫名其妙，而比這還莫名其妙的則是怕輸心理，以為眾人皆補唯獨我不補，相形之下豈不減弱考場競爭力？這種想法的事實根據又如何呢？從升學考試的特性看，高中、大學聯考，由於考試範圍固定，題目類型也年年相似，加上每場考試有時間限制，考生想要在考場上脫穎而出，最需仰賴的不是資質的優劣，而是「過度學習」：針對每一處可能考的教材，每一道可能出的題目，不斷地重複記，重複做，務求熟練到一見題目，答案就不假思索機械般地「反應」出來。如此才有把握在有限時間內，正確而有效地答完所有題目。

由於時間與心力全灌注到教材的過度學習上，以至於現在的中學生，不分高成就、低成就的，課外知識都相當貧乏。大凡課本不提、考試不考的，他們都不耐煩去記，更遑論深入探討了。我就曾經對他們做過一次隨堂測試。教〈鄭成功與荷蘭守將書〉這一課，在「引起動機」階段，先問學生美國獨立戰爭和法國大革命發生的時間；他們都能正確回答，有的甚至連月、日也交代得一清二楚。最後問到鄭成功驅荷據臺，竟然沒人知道確切年份。不要說年份，連哪一世紀都虛無縹緲得很，從十三世紀一直猜到十九世紀的，大有人在。

真遺憾，比起一七七六或一七八九，這一六六一不只好記，而且重要。畢竟這個年份之於臺灣漢人，就如同阿公生日之於孫子，豈能不知？但能怪他們嗎？他們卜晝卜夜忙著在教科書裡打轉，忙著進出補習班，忙著搞過度學習；歷史課本既然不提，他們哪有閒工夫理它。

類似的狀況，發生在自己當學生的時候。大一那一年，課堂上教授突然問大家「世界上最偉大的愛情故事」，聽到有人回答「羅密歐與茱麗葉」後，教授徵求其他答案，見無反應，便說：「為什麼一定是西洋的羅密歐與茱麗葉？難道中國的焦仲卿與劉蘭芝就不配？你們沒人讀過『孔雀東南飛，五里一徘徊』的故事嗎？」其實臺下這些擠窄門進來的，不只〈孔雀東南飛〉這首中國樂府沒人讀過，〈羅密歐與茱麗葉〉的西洋詩劇又有誰讀了？畢竟都是高中國文課本上看不到的。

我們的學生都很用功，我們這裡的教育也發達——不只正規教育發達，補習教育尤其發達。他們喜歡進補習班，就如同喜歡到麥當勞，一次又一次，吃來吃去，漢堡、薯條、可樂以外，又能吃到什麼？很可能他們志不在吃，麥當勞吸引他們的，正是那種不為吃而吃的氣氛，否則本土的割包、潤餅等速食小吃，風味獨特，為什麼總得不到他們的青睞？所以他們上補習班，也是志不在學習。說他們「過度學習」只是方便說法，我懷疑裡面有多少真正的學習精神。因為過度學習以外的非考試教材，他們表現出來的，常常是一種不學習的精神。

一方面是過度學習，一方面是不學習，兩極發展的結果，不只造成學習內容極窄化，更使得學習活動蒙上一層濃濃的功利色彩，直到上大學，甚至出了社會，都調整不回來。

一九八八年一月

從近視到短視

有人說當臺灣百業蕭條之時，唯有升學補習班能一枝獨秀；又有人說應該再加上眼鏡行，因為兩者相依為命，共存共榮。然而追根究柢說來，升學補習班與眼鏡行之所以長保生意興隆，實不能不歸功於升學主義籠罩下的社會環境。

看到越來越多的少年學子鼻樑上架起了眼鏡，有人不免憂心忡忡，認為非國家社會之福。如果只看到這一點，還不算究竟。生理上的近視固然值得擔憂，但更令人擔憂的應是另一種近視——心靈上的近視，我們稱它作「短視」。所謂「近世進士盡是近視」，應該理解作兼指這兩種近視而言。兩種近視都是聯考文化的特殊產物，心靈上的近視尤其如此。

國中生或高中生參加聯考，考前考後都要經過一道填寫志願的手續。其實所謂志願，不過是選擇一個適合自己的學習環境而已；稱之為「志願」，總覺得誇大不實，且容易誤導學生，以為這就是我「一生」攸關的方向，我矢志奮鬥的終極目標。如此短視的志願，當然不是我們所樂見，然而擺在眼前的事實偏是如此：升學目標成了人生目標，考場上的失敗等於人生的失敗。有幾個學生不是抱著這種想法來讀書及趕赴考場的？

他們先把人生目標窄化成升學目標，再把讀書目標鎖定在升學考試，於是為考試而讀書的態度，從此左右了學習生涯。他們讀書最遠只看到三年，近的只有明天——明天考什麼，今天讀什麼。一旦所讀的沒考出來，他會非常懊惱，甚至於認為「白讀了」。有一個學生月考後在《週記》上就表露出這種想法，我於是把他找了來，展開如下的一場師生對話：

「早上有沒有吃飯？」

「吃了。」

「爸媽看到你吃了嗎？」

「沒有，我是在外面早餐店買來吃的。」

「真可惜，你會不會覺得『白吃了』？」

「不會呀。」

「為什麼？」

「因為吃飯是自己的事，自己吃自己飽。」

「不錯，讀書也是如此，讀了多少就擁有多少，就算考試不考出來，將來也用得著。怎麼會是『白讀了』呢？」

情況還有更惡化的。有些學生為考試而讀書之餘，甚至進一步為讀書考試而上學，在班上拒絕擔任班級幹部或參加公眾服務；到了三年級，乾脆辦休學進補習班，免得學校那些與聯考無關的活動與學習，擾亂他的升學計畫。所打的如意算盤是，反正我要的是最後最重要的那張文憑，其他的就算「同等學歷」也無妨。這裡面除了短視近利以外，還有極其濃厚的投機成分。

青少年人格的社會化，速度如此之快，程度如此之深，不知是教育的成功還是失敗？誰最該檢討？我們所知的，青少年的短視常如近視般地在不知不覺中形成。因為他從小到大置身的環境，就是一個容易使他變成這樣的環境，在環境的潛移默化之中，他其實身不由己。

龍年到了，很多家庭終於盼到望子成龍的機會，要趕在這一年生產下一代。撇開迷信不談，在升學第一、文憑當道的今天，父母心目中的龍子，很可能不是儒家文化中「立身行道，揚名於後世，以顯父母」的真龍，而是聯考文化中的一條近視龍、短視蟲，或者我們換個較時髦的稱呼：「考場英雄」而已。

考場英雄是世上最無用的一種英雄，因為走出了考場，便英雄無用武之地。考場英雄也是最沒成就的英雄，因為多年奮鬥的結果，只為自己爭取到一堆試卷上的分數，既變化不了氣質，也豐富不了生命，對社會更是只見壞的影響——讓升學主義更加猖獗。

一九八八年二月

要記過，還是捱打

臺北市一所升學率極高的高中，某天放學後，有女學生路上碰到一個自稱是「校外生活輔導小組」的中年男子，把她給叫住了，指責她服裝不整，威脅著要抄下她的名字報到學校去記過。女學生嚇壞了，露出求饒的語氣。陌生男子於是改問「要記過，還是捱打」。女學生選擇了後者，乖乖地讓他帶進暗巷裡面……

此事令人難過的，除了學生本身的遭遇，還有所反映出來的教育上社會上的諸多問題：

問題之一：為什麼我們的學生如此容易受騙？

答案可能就存在於「讀書（考試）機器」這個新名詞裡面。為了升學競爭，學校裡老師拚命灌輸的，是考場上要用到的東西，至於出了學校，離開考場，如何在生活上自處及應變，幾個為人師者教導過他們？父母方面的情況也好不到哪裡去，「眼前讀書第一，其他的慢慢來！」是他們經常拿來訓誡子女的話。有些父母甚至禁止在學的子女看電視、看課外書、交異性朋友，禁止這禁止那，為了全心全意卯上聯考，人是越單純越好。不幸的是這個社會並不單純，學生又不可能只生活在校園與家庭裡面。

問題之二：為什麼我們的學生那麼怕訓導人員？

訓導人員之所以可怕，在於他們握有懲戒學生的無上權威。學生不想被處罰，碰到訓導人員只有乖乖聽話的分，又由於不能不聽話，積威約之漸，就形成了怕的心理。既怕訓導人員，也怕自己不小心犯了校規，後者尤其普遍存在於那些所謂乖學生好學生的心裡。那個受騙受辱的高中女生，在學校一定很乖很聽話，否則不應有這種反射式的懼怕反應。無論如何，惡徒敢於假冒訓導人員行騙，顯然是看準了「學生都怕訓導人員」這一點。若然，那個女學生的遭遇，應歸咎於學校那種使學生由聽話而害怕的訓導方式。

問題之三：為什麼我們的學生寧願捱打，不願被記過？

這應該跟愛面子的心理有關。記過，會被公布，通知家長，並留下記錄。學生衡量輕重的結果，長痛不如短痛，往往選擇捱打一途；卻不想一個血肉之軀，受到另一個血肉之軀的擊打，已不只是面子問題，而更是人格尊嚴的喪失。學生們年幼無知，思不及此猶有可原，做老師的居然就這樣「民之所好者好之」，其教育良知與專業都亟待檢討。

這一代青少年，身為學生有他們的幸與不幸。幸的是生逢富足的年代，衣食無缺，一切靠父母；不幸的是生活在升學競爭激烈的環境，在父母師長過分「升學期待」的關切下，被塑造成一個只知讀書考試，而不知其他的可憐蟲。

龍應台《野火集》批判臺灣的學校教育，謂大學是「幼稚園大學」，中學是「機器人中學」，並非危言聳聽。機器人的一個主要特色，是只循固定的程式思考——其實也不能算思考，只能算反應。我們中學這一段六年的教育，很少教學生如何思考，多的只是訓練制式反應而已。

為了方便管理，訓導工作強調一致性，穿一樣的制服，理一樣的頭髮，揹一樣的書包，甚至於哪天揹左肩，哪天揹右肩都規定得好好的。午休時間一到，不管你睡得著睡不著，不管你生理時鐘是怎麼走的，一律趴在桌上，裝睡也要裝出來。有那要求嚴格而帶有完美偏執的女老師，甚至要學生一律左臉朝下，右臉朝上。幹什麼？為了整齊好看。至於有什麼教育意義，她是從來不用腦筋去想的。學生接受如此這般的生活訓練——不是生活「教育」，不成為機器人也難。

至於教學方面，由於一切為升學服務，而升學又是聯合考試、統一命題，加上命題範圍所根據的又是統一教材，於是標準答案出來了，而美其名曰公平。「他人的信件不可□」這是「公民與道德」月考上的填充考題，學生填上「偷看」，居然不對。因為根據課本，另有一字不可易的標準答案：「拆閱」。學生想質問而不敢質問的可能是：在道德行為的「實踐」上，拆閱與偷看究竟有什麼不同？公平的假象帶來僵化的標準答案，僵化的標準答案阻礙了學生靈活的思考；除非他們願意冒著失分的危險，否則只能乖乖做一個不知思考為何物的「考場快速反應器」。

我們的孩子長期接受這種不鼓勵思考的教育，在學校裡既已習慣了「寧願捱打，不願記過」的套式反應，出了校門又如何能避免不捱打？健全而正常的教育所教育出來的學生，面對著「要記過還是捱打」的單選題，不只可以從答案裡面二選一，更可以從問題上予以根本否定，甚至反轉過來，由自己出題考對方：

「你要馬上滾開，還是等我叫警察？」

也只有學生能這樣應變了，我們的教育才算成功，我們的中等學校才能免於「機器人中學」之譏。

一九八八年四月

最難侍候國三生

常聽到來校的家長大嘆苦經，說現代的小孩越來越難「侍候」，言下之意，做父母的想要好好做一個「現代孝子」都不容易。所孝順的對象一旦進入國三的聯考年，侍候起來更是動輒得咎，常常雙方一個處置不當，輕則關係緊張，重則釀成人間悲劇，也已經不是新聞了。

臺北近郊的新店，一位家有國三生的母親，大清早為女兒沖泡了一杯熱牛奶。女兒不但拒喝，還出言頂撞，免不了遭媽媽一番責罵。女兒聽不進去，掉轉頭衝出門，媽媽趕上去攔住她：「妳想去哪？」女兒脫口而出：「要去死！」媽媽氣得失去控制自己的能力，大叫「要死大家一起死」，竟拉著女兒躍入冰冷的碧潭……

一杯熱呼呼的牛奶變成了冷冰冰的殺手，發生這樣的不幸，我們實在不忍心說這是誰的錯；我們唯一能說的，這跟國三症有關，而國三症來自於升學壓力。由於自家的小孩還小，不太能體會國三生的父母侍候小孩的那種心情，但由於在學校常接觸到國三生，對他們心情的瞭解也就較為深入，有時基於師生一體，還會感同身受。

有一次，學校要召開三年級的「親職教育與升學輔導座談會」，我想到教師所要扮演的角色，應是家長與子女間的橋樑，便要班上學生寫出「對父母的期望」。收來經過一番整理，發覺他們在父母無盡的呵護下，如果說還有不滿，可以總括為一句話：「來自父母的壓力太大了！」

第一個壓力來自於父母喜歡「比」，喜歡拿自家孩子跟別人家孩子比。如果只是泛泛的比，仍不失人之常情，孩子們不能釋懷的是父母總是拿最強的跟他比，而且只比考試成績。這樣一條鞭式的比法，比得孩子永遠只能做一名失敗者，其挫折感之深重不難想見。有人說：「『比』是兩把刀，一把傷別人，一把傷自身。」像這樣愛比的父母，傷的不是別人，而是親子關係中的自己和孩子。

第二個壓力來自於父母對成績的過度關心，常在子女考差時將不滿形諸辭色。「考好了，卻沒有任何獎勵，因為標準又提高了。反正我怎麼讀都不能令他們滿意。」難怪學生會說出這樣洩氣的話來。更令孩子覺得不合理的，父母要求成績常採「連坐法」，某科成績不好，連帶便否定他科成績。只看到壞成績，好成績則視若無睹？父母讓自己淪為家中暴君了。

第三個壓力來自於父母的心急，不願讓未來等一等。這可分兩方面：在升學前途方面，常常只因一次考不好，就急得大叫：「你這樣子怎麼考學校！」對孩子一點信心都沒有。至於在整個人生前途方面，父母常以「書讀不好就沒前途」表現出他們的憂心，甚至於說出「不讀書就不要待在這個家」、「不讀書就去做工」這樣決絕的話來。考場失敗等於人生失敗？只怕父母都說服不了自己。

第四個壓力來自於父母對子女的期望，若非過高，就是偏離子女的性向與興趣。勉強只能考上第三志願的，父母「希望」他上建中；數理弱而文史強的，父母「希望」他將來當醫師當工程師。

難不成當年自己做不成的美夢要求子女代做？父債子償早已不合時宜了。

第五個壓力來自於父母的緊迫盯人，嘮叨不休。這通常發生在「教育媽媽」身上，底下的子女心聲便是這種壓力下的反應：

——一看到我就叫我念書、念書、念書，聽多了就心煩，就起反感，更不想念書。

——怕我不讀書，常在房門外監視我，探頭探腦，使我神經緊張。

——常在我讀書的時候，進房裡來干擾我。（按：這可能是送東西進來。在電視廣告上，是一幅溫馨感人的畫面，在孩子心目中成了不必要的盛情干擾，就如「牛奶事件」。）

——一直逼我去補習，不補就生氣，補了沒進步，更生氣。

——每次從外面補習回來，就趕我去念書，好像我們是機器，可以不必休息。

——總以為「激將法」可以激發我的雄心，事實上只造成更大的壓力。

以上五種性質不等的父母壓力，都與升學有關。而跟升學有關的壓力，除了來自父母以外，還可能來自老師（有幾個老師不希望自己的學生在考場上出人頭地），來自同學（彼此比較，彼此競爭），來自自己（他們總有對自己的一番期許）。處在這樣的環境之中，承受這麼多來自四面八方的壓力，國三生之有國三症，實在值得我們寄予無限的同情。

有些父母儘管深具同理心，也只能不給孩子壓力，其餘則愛莫能助，一來他不能代替孩子上考場，二來他無力改變這個現狀。有一首為國三生而寫的詩，道盡父母的無奈：

爸爸什麼都做，孩子
從榮總醫院出來
以後，先帶你
上補習班，買十卷
國中專用的教學錄音帶
然後燉一碗雞湯，只是
不能聽醫生的話
讓你早睡，因為
明天你還要考試

（德亮〈國三症〉）

總是這樣，孩子日日夜夜侍候的是考試，而父母侍候的是在考試中過活的孩子；孩子之令父母難以侍候，恰如同考試之令孩子難以侍候一樣。然則做父母的應如何自處呢？新店溪母女投河的慘劇，雖然未能提供一個確切的答案，但至少為我們帶來一個深切反省的契機。

一九八八年一月

窗外

放學了，送你們把笑鬧聲帶出校門後，我踅回教室，守著寂靜的一角，倚窗改你們的作業：有時是日記、週記，更多的時候是你們緊縮眉頭擠出來的文章習作。

窗外，一陣輪胎與地面緊急摩擦的劇烈聲響，像似你們偶爾會有的吵架聲直刺耳膜而來，我停筆外望，十字路口上又是一場車主之間的火爆爭執。這時候如果你們還在，整個心思耳目會不約而同地被吸引過去，有的甚至趨赴窗前探望，都不管臺上老師聲嘶力竭講的是什麼。

窗外的世界就是那麼吸引你們，連搖風的椰影、搭肩而過的情侶，也成為你們側目的對象，尤其是臨窗那一排。有時忍不住會想大喝一聲：「窗外的世界不屬於你們！」然而真的不屬於你們嗎？畢竟你們不能永遠跟著老師生活在教室之中，也許我該修正的是，窗外的世界在上課時不屬於你們。但，下課以後出了校門呢？

窗外，是個花花世界。在教室裡，你們接受老師諄諄為你們所構築出來的理想世界，出了校門，那個窗外世界所呈現出來的，卻處處在破壞這個理想世界的形象。於是你們發現原來萬能的老師，影響力並不及於窗外，你們把老師的教誨留在教室，跟著人家闖紅燈，跟著人家搶登公車，跟著人家講粗話，跟著人家穿著奇裝異服，甚至於出入聲色場所，惹是生非。

孩子，我並不責怪你們，還記得我跟你們講過子夏「出見紛華盛麗而悅，入聞夫子之道而樂；兩者心戰，未之能決」的故事嗎？賢明如子夏，都無法免除窗外世界的誘惑，何況你們。然而你們更應該因此知道：這就是成長，這就是教育。所以儘管子夏曾處在兩種世界的夾縫中「心戰」，最終仍在不斷抉擇與精進之中修畢他生命的課程。孩子，就把這「心戰」當作是一種自我教育的歷練吧——窗外那滿佈誘惑的世界並不可怕，可怕的是人性的自我泯滅。

教育不是萬能的，教育也沒有力量改造社會；教育唯一能做的，是激活你們生命世界中的免疫機制，進而強化你們面對誘惑的「心戰」能力。外來的誘惑是不斷的，內在的教育也是不斷的，一次的誘惑抵抗不住，應有再抵抗的勇氣和毅力，直至戰勝為止。

你們都看過下雨打雷時窗外行人走避不及的景況，此時，安坐室內的你們有著一分慶幸與安全感。但如果雨勢不止，放學時你們也將成為窗外的行人，此時你們需要的是一柄能遮雨的傘。教育就像一把傘，當你們步出窗外的雨中世界時，使你們不被雨水淋濕，但無法阻止雨點的繼續下落。

孩子，晴雨不定是這個世界的正常現象，一把傘是需要的，當你們步出窗外雨中行的時候。

一九八一年五月

如果你們是蠶

一切似乎都靜止了，孩子，此刻教室裡只有你們筆觸試卷發出的沙沙聲，此起彼落地交響著，響成一片春蠶食葉聲。

側耳傾聽了片刻，我離開那可以監看全班的位子，巡行於你們略嫌擁擠的七排座位之間。晨曦在破舊百葉窗簾的篩濾下，幻化成斑斑駁駁的細碎亮花，恣意地灑落在地板上，灑落在你們稚氣猶存的小臉上，也灑落在密密麻麻的考試卷上。

這時候早晨七點半鐘還不到，臺北市的人們，包括你們有些人的父母，甚至尚未從夜夢裡醒來。而你們已然置身考場——那個你們平常叫它教室的地方——應付著自從升上初一以來幾乎天天都有的所謂晨考。每天早上，我知道你們不一定吃早餐，但一定要晨考。

每天早上，從附近，從內湖，從北投，從新店，你們在晨光熹微中蒙著霧露趕到學校，放下書包，擺好便當，迎接你們的第一堂課便是這晨間考試。而我，一個自以為幽默的老師，戲稱它為「吃早點」。

從沉思中回到現實，我停住腳步。細而碎的沙沙聲又自四周響起，突然之間一個怪異的念頭閃入我腦際：如果你們是蠶……

小時候，懷著看小生命蠕動成長的喜悅，我養過蠶寶寶。有老人家告誡我不要摘取帶晨霧的桑葉，說蠶吃了會出毛病的。言猶在耳的叮嚀，如今卻一再強迫自己去努力忘卻，強迫你們集體吃這種滿沾霧氣的晨桑；你們有些不想吃的，乾脆就躲在葉片下，不再探頭。「一副懶蠶、蠢蠶的模樣！」那自欺欺人的養蠶人卻只會如此躁烈地罵著。

每天早上，看著你們右背書包、左提便當袋，陸陸續續走進教室，不，是考場，發覺你們若不是神色凝重——多半是昨晚功課沒準備好？要不就是睡眼惺忪——又熬夜了？或者是臉色發白，氣喘未定——是睡得晚起得也晚，一路晨跑著衝進考場的吧？而考場／教室裡等著你們的是準備監考的老師，手上厚厚一疊的，是紙質粗糙、色澤枯黃、印刷模糊的所謂試卷。

那就是促使你們長大成熟的桑葉嗎？如果你們是蠶。

如果你們是蠶，你們應是初眠剛過的幼蠶，消化器及咀嚼器都尚未發達，食量也不大，你們喜歡吃、吃得下的，應是剉切成一小片一小片的薄軟嫩葉。然而眼前你們奮力啃嚙的，竟是又粗又老又苦澀的一大片一大片「全葉」，都不管你們吃了是否會發脹，會變成病蠶。粗心的養蠶人啊，你為何一再錯過採桑期？為何要讓幼蠶吃老桑？

每天早上，晨考開啟了你們一天學校生活的序幕，晨考之後，還有各種大大小小名目繁多的考。考，考，考，考什麼呢？考昨天老師匆匆囫圇硬塞給你們的東西，考昨夜在燈下你們不顧一切生吞活剝的東西。反正不管你們有沒有食慾，不管你們是幾眠幾起的蠶，養蠶人總是一廂情願地認定：給桑回數越多，你們長得越快。他們是一群急功近利的養蠶人，恨不得你們一夕之間就變成可以吐絲作繭的熟蠶。

你們到學校來，日復一日，過的是被你們形容為「考試生活」的日子。你們知道嗎？第一次在你們日記上看到這個新名詞，我著實嚇了一跳。如果說你們過的是考試生活，為考試而讀而活，那我們做老師的又過的是什麼生活呢？又為什麼而教呢？我茫然了。

曾經我也是個快樂的養蠶人。一條條絲絨線般的蠶寶寶，從聽他們吃桑葉，到最後看他們吐絲的那種喜悅，不是猝然發現的喜悅，而是衷心預期的喜悅——吃什麼桑葉，吐什麼絲。如今心虛的我不敢預期，我甚至於不忍看到你們來日吐的絲、作的繭。

每天早上，都是一個新的開始，初昇的旭日啟蒙了大地，做老師的我，多麼想跟你們共度一個充滿朝氣與歡顏的一日之始。但，失望多於希望的是，在晨考的陰霾下你們沒有帶著朝陽日影來。你們不過十三、四歲，剛脫離打少棒的年紀，從你們身上卻感受不到初陽映照下的奕奕神采，厚厚的鏡片下恆常隱匿著失笑的眼神，有時還帶著些許成人才有的哀愁。那是人生途上過早接觸挫敗所烙上去的痕記吧。

如果你們是蠶，我在想你們會不會是變種的黑蠶？印象中養過的蠶寶寶都是一條條體態飽滿，肌膚呈露著琥珀色的光澤，煞是可愛。而今怎麼會是這個樣子？

想到這裡，不由得定神看了看正對著試卷苦思作答的你們，春蠶食葉般的沙沙碎響，稀落得幾乎聽不到了。這一堂你們考的是最令你們頭疼的數學，想來你們每個人都碰到了難題，有些人的額頭已沁出小小汗珠，在晨光中顯得格外晶亮。孩子，那是苦思之後的智慧結晶嗎？還是緊張加上恐懼揉合而成的一種告言？四十分鐘的考試時間就要結束了，有的試卷上還是空白一片，今天不知又有多少人要處在考不及格的驚惶之中了。小小的週考就如此，那月考、期考更不用說了。

每天你們周旋在各種考試之間，周旋在勝利與挫敗之間，也周旋在興奮與緊張之間，這就是「考試生活」的特色嗎？孩子。有一次改你們日記，你們之中有人寫著：「如果可以留級到小學，我願被留級，因為小學沒有這麼多考試。」有趣的童心童言，但我笑不出來。

對你們的處境與遭遇，老師同情你們，但同情得很無力。你們考壞的因素總是複雜得讓老師難以想像——

「老師，今天考四科，昨天晚上我光準備數學一科，就花了兩、三個小時，這一科我根本來不及準備……」

「老師，白天上課就已經很累，回家後洗過澡，我先上床睡覺，打算兩點再起來，結果鬧鐘沒有響……」

「老師，昨天晚上我補習補到十點，才準備好一科便睡著……」

「老師，昨天晚上家裡來了客人，他們打麻將，吵得我看不下書……」

「老師，題目好多好複雜，連選擇題都要慢慢計算，我來不及……」

「老師，我不知道怎麼抓重點，我讀到的都沒有考出來……」

「老師，我都背了，但一寫出來便錯……」

「……」

聽到你們如此這般想考好而考不好的諸多狀況，我感同身受。我知道考壞了你們自己比誰都難過，老師再責備你們，無異於在難過之上添加另一層難過。可是有時候給逼急了，老師也會有因沉不住氣而失去同情心的時候。

如果你們是蠶，那老師便是桑葉難以自給自足的養蠶人。記得那一次月考之後的週會，宣布各班總成績排名，你們得了全年級最末一名，回到教室我板起臉孔將你們數落了一頓，只差沒講出：「你們真丟人！」在升學主義肆虐下的學校教師，他的心態有時竟也是如此地卑瑣不堪哪。

為分數而學，你們學得很痛苦；為分數而教，老師又何嘗教得快樂？有時竟有著一股不知誰該同情誰的悲哀。突然就想起一首小詩，那是別班同學在我指導的新詩社團寫的，題目就叫做「分數」：

一個個數字躺在那裡
像被扭曲了的
蚯蚓屍首

孩子，如果你們是蠶，如果我是養蠶人，什麼時候我們才能像這首詩所描寫的，把考壞了的分數看成蚯蚓的屍首——而不是蠶寶寶的屍首——拉開距離去致上我們有限的哀悼？

如果你們是蠶，孩子，鈴響時我收回你們沒答完的考卷，就該像收回你們啃不動吃不下的枯老桑葉，把它們丟掉；然後重新鋪上幾片新柔的嫩葉，再聆聽你們充滿喜悅的春蠶食葉聲……

一九八三年八月

七月之什

聯考、廟會以及飆車

校刊登出了一首題為「七月」的現代詩，作者是即將參加聯考的國三生：

七月，有一場廟會
七月的廟會會邀請全家
還有報紙扇子毛巾開水參考書
還有原子筆鉛筆直尺立可白橡皮擦

這是開頭的第一段，氣勢相當懾人。只是小詩人似乎忘了，這一場廟會豈止邀請家人，也將邀來學校的老師、主任、校長，乃至於教育局長、教育部長、行政院長，全在受邀之列。

是什麼時候開始以及什麼原因，我們要把只是「甄別學生適合就讀什麼學校」這樣的小事，提升到家國大事的層級？能不能我們的家長、老師、官員們，不要再趕這一場熱鬧？你們的陪考陣仗，既加重考生的心理負擔，又可能誤導他們以為此舉是在為學校爭光采，為父母爭榮耀。

我更擔心的是大人們再如此推波助瀾下去，聯考可能不只是一場七月裡的廟會而已。那麼像什麼呢？我要說，像飆車。飆車的法定名稱是「違法超速行車」，而聯考將被稱做「公平而不合理的惡性考試競賽」。「違法超速行車」要取締，而「惡性考試競賽」呢？

天之驕子

大學聯考期間，報紙上登出這樣的一幅陪考圖：走廊上，女兒坐在椅子上低頭準備下一場的考試，做母親的則侍立在旁，搖著扇子為她招涼。我不知道別人怎麼想，看到這畫面，我心裡難過。科舉時代如果也有「夏闈」的話，做這種事的應是書僮，至於做父母的，不要說替考生搧涼擦汗，連陪考都不會陪的。

每年一到七月，就有一群人被我們奉為天之驕子。於是，父母淪為他們的書僮；一一九為他們待命，隨時像救火般把誤時迷路的考生及時送達考場；一延再延的「北淡線火車最後之旅」，為了方便他們趕考，又延了一次；行政院長擱下國家大事，大熱天趕往考場為他們加油打氣……

我所不瞭解的，大人們口口聲聲要小孩子以平常心面對聯考，自己卻把它看成天大的事來處理。小孩子承受著來自四面八方眾多的關注，又有誰能帶著一顆平常心進考場？更嚴重的，像前面所提父母為考生一旁侍候的景象，扭曲的又豈止是親子關係而已。

父母心，子女聲

有一個國中生，把「請」、「謝謝」、「對不起」串組成一首現代詩，詩意尖新，卻也令人讀之傷感：

請

不要說我壞

我也曾經努力過

只是我知道——

那裡的世界不會有我

謝謝

在未來的天地裡

讓我找尋一個

真正的自己——

一樣的司迪麥

對不起
在密密麻麻的名字中
還沒出現——
那您叫慣了的熟悉名字

詩題就叫「榜」，放榜的榜，透過這樣的題目，詩旨不難索解，我這裡想加的註腳是：這位小詩人是升學環境中的所謂好學生，班上考試不是第一名就是第二名。他另有一篇題為「爸爸我有話要說」的散文，千言萬語歸結到最後，赫然是出之以吶喊的一句：

爸爸，能不能讓我不要成為您的驕傲！

什麼樣的天下父母心，就有什麼樣的天下子女聲。

扼殺天才

面對著一群國中生，課堂上我引用原典講述「守株待兔」的成語。講到「兔走觸株，折頸而死」，我停下來問大家：「這隻兔子是怎麼一回事，為什麼跑來撞樹樁？」座位中響起了平日難得一聞的聲音：「我知道！這兔子就是『龜兔賽跑』的那一隻，賽輸了無臉見人，跑來撞樹自殺。」

全班哄堂大笑，我則不免對這位將兩個不相干寓言「超連結」的學生，多看上幾眼。他的成績並不好，不久前還逃過學。我於是想到：不在課堂的日子他會去了哪裡？倚坐大樹下思考一些沒有標準答案的諸如此類的問題，或者像浪漫作家三毛那樣「逃學為讀書」，專讀一些考試不考、老師不教、父母不准的所謂閒書？我也想到現代詩中的一個名句：

眾弦俱寂

你是唯一的高音

但我只敢在心底暗自稱善，對如此一個浮想聯翩的學生，不禁止、不鼓勵、不協助，毋寧是此刻我唯一能做的。因為七月考季即將到來，他父親曾對我說過，說他在明星高中任教，要是兒子沒考上，他「拉不下這個臉，只好送他上校外的國四班」。我於是吞了吞口水，強迫自己嚥下一句幾度欲衝口而出的話：「想像力是天才的表徵……」

一九八八年六月

老部長的眼淚

為了學校不聽話，國民教育誤入歧途，更為了民族幼苗飽受升學主義的摧殘，我們七十三高齡的教育部長百感交集，先後在縣市教育局長研討會及高中入學考試改進檢討會，掉下了熱淚。教育行政上我們是實施中央集權的國家，部長可以說是教育王國的統治者，權力大到無所不管（連一節課時間該多長都管），而竟然無助至此。

教育已不成教育

就在部長淚灑會場，發出「這是我的責任，希望學校及社會救救小孩子、救救民族下一代」的痛切自責和呼籲之後的第三天，《聯合報》「黑白集」歷數五育的殘缺，沉慟指出目前的國民教育已是「有教無育」。教育已不成其為教育了，這到底怎麼一回事？

「許多人都責備教育當局不管學校教育，其實是管不了。國中校長要這樣辦學，如此注重升學率；我是部長，只能下達一紙禁令——不能惡補，不能體罰，但又有何用？大家都置若罔聞。」部長朱匯森如是說。

然則辦學的人錯了？

「聯考制度的存在，家長、社會對學生的期望及學校的要求，不得不愈益強大。」臺北市介壽國中校長林煇如是說。

那是望子成龍的家長們錯了？

「我們夫婦每晚都輪流陪兒子夜讀，白天還得上班，精神實在支持不住。不陪又不行，兒子未做完功課前就會睡著，而且他的導師甚至三更半夜都會打電話來查勤。」有學生家長如是說。

是緊迫盯人的老師們錯了？

「我們何嘗不希望孩子們活潑快樂，可是不逼學生，一旦考不好，家長又怪老師不盡責。當老師的沒有成就感，只有恐懼感！」老師們如是說。

問問學生吧，他們是廣受同情的一群。

「考試啊考試，你使學生像灌水牛肉一樣，能灌多少就灌多少，在更好的制度還沒出現前，我們只好繼續被灌了。啊，可憐的學生！」這是一個國中生在週記上表露的心聲。

「父母親並不真正關心我，他們關心的是成績單。當我成績好時，就可以為所欲為；成績差時，就否認我其他作為，真是不公平！」這是一個中學生在輔導室所作的抱怨。

「唸書是一定要唸的，苦是很苦，成績進步就好了。」這是一個升學班的學生接受記者訪問時的公開表示。另一個則說得更坦白：「只要考上理想學校，苦就有代價啊！」

……

說來說去，聽來聽去，到底誰錯了？誰又是真正的失職者或受害者？這筆糊塗賬該怎麼算？

一筆糊塗賬

印象中，教育部長總是笑咪咪的，年前他在立法院答詢時曾樂觀地說過：從統計數字可以看出我國教育三十年來已有長足的進展。我們納稅人沒有理由不相信朱部長這番建立在數據上的談話，就如同家長相信子女指著成績冊上的分數說他進步了，上學期五十九，這學期七十一。以下是教育部展示出來的一系列具體成績：

一、適齡學童的就學率百分之九十九點七六。

二、國小畢業生升學率百分之九十七點四一。

三、高級中學與高級職業學校的比數是三十二點七七對六十七點二三。

四、全國學校總數五千兩百四十所，學生總數四百六十四萬人，平均每七平方公里左右就有一所學校，每三點九人中就有一人是學生。

五、每一萬人口之中有大學生一百九十一人，高居全球第四位，僅次於美國、日本、法國。

這與三十年前相比，確是「已有長足的進展」，以大學生的人口數而言，就足足增加五十倍。但是發展教育畢竟不像興建國宅、鋪設鐵路般可以純用數目呈現政績。教育是長遠而複雜的人影響人的心靈工程，是百年大計，豈是一時的、片面的幾個數字就可加以說明的？如果一定要用數據呈現，我們也希望一併看到與教育相關的其他統計數字：

一、青少年的犯罪率增加多少？趨向哪些犯罪型態？暴力犯多不多？

二、中小學生戴眼鏡的比率為何？形成近視的因素有哪些？

三、國三症、高三症的患者各有若干？這兩種伴隨著升學主義而來的時代症，是什麼時候開始在我們的下一代身上出現的？

四、全國就讀校外「國四班」的待考生有多少？

五、遍布全國各地的升學補習班（合法的、非法的，地上的、地下的）共有多少？「成長率」如何？

六、平均每個家庭花費在購買升學參考書（地下教科書）的金額有多少？全國有多少專吃升學飯的出版社？

七、全國有多少中小學生越區就讀明星學校？因此而造成的空戶有多少？

八、各國民中學每週實施幾次考試（測驗）？考試的名目繁多，大考、小考、期考、段考、月考、週考、晨考、隨堂考、臨時考、平時考、抽考、競試、模擬考……究竟哪些是學習所需，哪些是升學的附庸？

九、有幾所中小學是不加排「第八節課」作為正式上課用的？

十、我們的莘莘學子有幾人不把升學目標當作人生目標的？

十一、多少學生一進大學就失去讀書的動力，或者仍繼續為考試而讀書？多少大學生只會把圖書館當「考前自修室」使用？

十二、有多少中小學教師不實施體罰教育？導致他們「執教鞭」的因素有哪些？

十三、有多少中小學教師除了教科書、參考書、閒書以外，什麼書也不讀？多少大學教授一份講義一用幾十年？

十四、有哪些教育行政機關不是以升學率作為考核校長的辦學績效？有哪些校長不以學生的考試成績或班級的升學成果，來評定教師的教學成效？

……

只有如此勇於揭開教育統計的魔術黑幕，讓所有躲藏其中的數字都站出來講話，我們才能在兩相對照之下，幾番加減乘除之餘，全面掌握教育統計數字，進而釐清真正的教育投資報酬率。我們且以上列第一項青少年犯罪的統計資料為例，來看看教育「負成長」的一面：

一、民國六十一年各地方法院審理的少年刑事案件及管訓事件人數為六千三百八十八人，到了七十年上升至一萬零八百零二人；至於少年虞犯的增加情形更為驚人，六十一年只有四十五人，到了七十年高達一千三百九十九人，短短十年間增加了三十一倍。

二、民國六十九年少年犯的犯罪率是千分之四點一四，而成人犯只有千分之四點一三；到了民國七十年，少年犯的犯罪率上升到千分之四點三六，增加率遠高於成人犯的千分之四點一四。

三、近十年來，臺灣人口增加了五分之一，但犯罪率增加了三分之一。

四、十二歲以下的兒童犯罪，如果以六十八年的指數為一百，則六十九年是一百三十點二八，七十年是一百八十三點八，三年間幾乎增加了一倍。

五、近五年的少年犯職業統計，以在校學生所占比率為最高，每年皆在百分之三十五以上。

自古有所謂「明刑弼教」的說法，認為刑罰和教育都是用來化民成俗的，而教育是主體，刑罰居於輔佐（弼）地位，只要教育上軌道，刑罰便可備而不用。刑、教二者與化民成俗的關係，我們不妨也借數目字列個公式來說明：刑與教加起來的和等於化民成俗，而這個和應是一個常數，姑且把它定為十，那麼假設教這個自變數（主）是五，刑這個因變數（弼）便等於十減去五，也是五；教是七，刑便是三；教是八，刑便是二；教是九，刑便是一。教的數目越大（最大到十），刑的數目便相對變小（最小到零），這是正常現象；教的數目變大，刑的數目也跟著變大，這就異常了。不幸的是目前教與刑的實際關係竟是如此：刑罰隨著教育量的增加而增加，也就是青少年受教育的機會越多，犯罪的機會也越大。

這種「七加七等於十」的算術式，連小學生都知道是異常的，然而沒聽過教育部長對此作出任何解釋，倒是次長施金池在國民教育研討會上坦誠指出：我們當前的教育「產品」有問題。「教育產品有問題」的說法其實猶抱琵琶半遮面，追根究柢應是「教育有問題」。什麼問題？教育已經嚴重變了質。

嚴重變質的教育，不從質的方面檢討改善，而一味追求量的擴充，縱然延長國教到十八年，讓大學生人口比率躍居全世界第一，也只是打腫臉充胖子，虛有其表而已。

教育失身了

教育的對象是人，一個完完整整的人，這個人不允許被扭曲、被摺疊、被切割。臺大社會系教授葉啟政曾感慨萬千地說：「目前的教學方式，使大學畢業生只是『半個人』——智能上有嚴重的殘缺，只懂狹窄的課本知識，缺乏課本以外生活上、社會上的基本智能。」葉教授的話是針對大學教育說的，大學畢業生佔全國總人口不到百分之二，站在全國教育的立場，我們關心的毋寧是九年國民教育。那是一切教育的基礎，也是每一個國民必經的教育階段。

《國民教育法》第一條：國民教育依《中華民國憲法》第一百五十八條之規定，以養成德、智、體、群、美五育均衡發展的健全國民為宗旨。這個五育均衡發展的健全國民才稱得上人格完整的「一個人」，然而這「一個人」，進入學校便如同豬仔被推進入了屠宰場；升學主義這個文明屠夫不斷揮動利刃，按照五育的藍圖將牠一塊塊宰割下來，擺到杏壇的肉案來販賣。於是，「教書不教人」、「重課業不重行為」上門了，買走了德育；「惡性補習」、「考試公害」上門了，買走了體育；「考試領導教學」、「家長牽制學校」也聞風上門了，紛紛買走了群育與美育。僅存的那一塊智育沒人買，屠夫自己留下來慢慢享用。那是一塊雙層五花肉——包含知識、理解、應用、分析、綜合（第一層）及記憶力，觀察力、思考力、想像力、創造力（第二層）——屠夫將它片片細分，大快朵頤地吞下後四小塊，丟下那最難消化、最不值錢的知識記憶，作為支付店招的費用。店招就叫做「升學率」。

升學至上的學校追求的是分數，慣常以百分法考核學生。如今我們不妨以其道還治其人，為當前的五育成果打分數，各育以百分為滿分，五育共計五百分：

德育：○分

智育：二十分（只存五花肉中的一小塊——記憶）

體育：○分

群育：○分

美育：○分

總計：二十分（只有五百分的二十五分之一）

就是這種五育不全、智育偏頗的不人道教育，使得我們的下一代紛紛成了「二十五分之一」人，就算離開學校進了社會，也從此湊不回完整的自我。

正常的教育，不在於標榜多少育，而在於落實什麼教育。教育是「人教化人的歷程」（師大教授張春興語），而人的人格是不容分割的，我們需要的其實只有一育，就是「全人格」教育。孔子的教育思想即著眼於此。魯哀公有一次問孔子「弟子孰為好學」，孔子選的是顏回，因為他「不遷怒，不貳過」。顯然孔子學園裡要學生學的無非是做人做事的道理，所以孔子對「好學」是這樣下定義的：

君子食無求飽，居無求安，敏於事而慎於言，就有道而正焉：可謂好學也已。

《論語・學而》

求學，不管是從書本上或從生活中求，求得的應是可以內在為人格的學問，所謂生命的學問。去年有社教機關對青少年進行「生活狀況問卷調查」，其中有一項問題是：「你認為接受教育最主要的目的是什麼？」結果選答「學習做人的道理」的人數最多，佔百分之六十點八。我們且慢高興，以為我們對青少年的教育成功了。須知他們在多年「考試教育」的薰陶下，凡是要他們作答的白紙黑字，下意識總拿它當考試看；考試是有標準答案的，而標準答案則根據統編課本：「我們在學校裡讀書，最要緊的還是要懂得做人的道理」、「讀書在於明理，明理在於做人」，國文、公民課本都這麼寫，老師也這麼教。更何況這個問題是問「你認為」，屬於認知層面，是事理的「應然（應當如此）」，而不是「實然（實際如此）」。要不然，我們的青少年普遍接受了六年至九年以上的長期教育，學做人的道理學那麼久了，到頭來為什麼都只能做成「半個人（只具有課本知識，缺乏生活智能）」、「五分之一人（指智育掛帥所教育出來的學生）」，甚至「二十五分之一人」？

如此全面潰敗的教育，正如我們前一節指出的：不是我們的教育產品有問題，而是我們的教育出了問題。因此問卷調查第二個問題：「你認為當前教育最大的問題在哪裡？」選答「升學主義太盛」的高居第一位，其次才是「學生缺乏認真學習的態度」。過盛的升學主義帶來過度的考試，使得學生所學的都是紙上的道理、紙上的知識，無法內化為生命，也就無助於人格的形成，於是教育的首要也是唯一的目標——全人格教育落空了。

人人都在買櫝還珠，小學而大遺。我們出問題的教育，就這樣教出了如假包換的「知識」分子。恍如黑夜裡輕率赴約的少女般，我們的教育失身了，失身在升學主義的狂暴蹂躪下，懷著孽種，撫著破碎的心，哭訴無門。而我們那集權又集錢的教育部，能做的卻只是開開會，讓老部長在會場掉幾滴清淚……

一九八三年一月

後記：

三十年了，教育部交出的成績仍只在「量」：廣設大學與實施十二年國教。品質如此惡劣的量，愈大愈可怕，有如山洪帶來土石流，結局只能是災難。廣設大學，大學教育毀了；實施十二年國教，高中教育也陪葬進去了。

三十年來，兩大黨都執政過，部長一個個都比當年的朱部長年輕有想法，而無人救得了臺灣的教育。退休之人也只能無風處聽風雷了，還能說什麼？

二〇一三年三月

向僧侶學習

拔劍四顧心茫然

過年前，正當各校籌發年終獎金及考績獎金之時，教育部長接受記者訪問，表示縣市教育局應切實負起各國民中小學教學正常化的督導責任，「校長不好換校長，教師不好換教師」。教育是一種目的性事業，想要辦得好，首須有優良的師資，就如同射箭要射得遠、射得準，必先有良弓一樣。弓不好，換弓；教師不好，當然要換教師。問題是哪一種教師才算「不好」？

在課堂上使用坊間參考書、測驗卷，對學生不當補習、體罰，這種教師就是不好——教育官員們的公開說法一向如此。

所教班級的成績不如別班，未能有效輔導學生進入明星學校，致影響本校的升學率，間接也影響我的升遷，這種教師我如何說他好——校長們接受他們自己這種想法。

有辦法使我的孩子成績進步，考上讓我與有榮焉的一流學校，這種教師就是好教師——家長們都這麼認為。

把我們教好，把教室的秩序管好；隨時維持課堂氣氛的輕鬆愉快，使我們樂於上課、樂於讀書；對學生不要偏心、不要有成見，尤其不要以考試成績評定我們是否為好學生，這是我們心目中的好教師——學生如此期望著。

面對這些來自四面八方對好教師的不同要求，教師們不知何去何從了。彷彿一個來到十字路口的迷途者，正四顧觀望時，四路人出現了。一個有著某某教育官員頭銜的人指著「教育政策」的指路標，命令他說：「你必須朝這個方向走！」另一個自稱是學校校長的人指著「升學率」的指路標，以一種老闆對夥計慣用的口吻說：「要生存，除了這一條路，你別無選擇！」又一個據說是衣食父母的學生家長指著「升學至上、成績第一」的指路標，誠懇地告訴他說：「我們沒別的期望，只求你帶領我們小孩順利走上這條人生的正途！」最後，出現一個怯生生的小孩，他說他是學生，指著空白的指路標說：「先生，我看不到上面寫的，不過我很喜歡這條路，看起來最像路。我陪你走一段好嗎？」

一時之間，這位傳道授業解惑者，自己先迷惑了。他一面掙扎在「走這一條」、「走那一條」的叫囂聲中，一面捫著自己的教育良心問：我怎麼辦？在無力與無助中，他被包含自己在內的五種不同力量分頭撕扯著，恍如犯下滔天大罪，在百口莫辯下被判了五馬分屍的酷刑。

叫好與叫座之間

一九八二年的「十大賣座國片」，沒有一部與金馬獎有關，都是叫座不叫好，真正叫好的卻又與票房無緣。於是一些有理想、有藝術良知的電影從業人員，如《光陰的故事》四個年輕導演，也只能「在商業的範圍內修正藝術的方向」，作出理想對現實的妥協。電影工作者如此，教育工作者竟也不得不如此。

如果教育真如吉爾伯・哈艾特(Gilbert Highet)所強調的，是一種藝術，那教師便是陶鑄受教者人格的藝術家——有如揚雄《法言》所說的「孔子鑄顏淵」——但在一個瀰漫著升學與商業氣息的教育環境中，教師若只「為藝術而藝術」，顯然是難以生存的。

這就是教師當前面臨的第一個困境：徘徊在叫好與叫座之間。

如果你為教育而教育，叫好的只有替國家執行教育政策的教育官員，也許你將因而名列「杏壇芬芳錄」，或者上臺領取「師鐸獎」。但就如同最佳影片領了金馬獎後，誰來幫你叫座？反之，如果你為升學而教育，你的家長觀眾會給你喝大采，捧你作大明星，你從此奠立你升學票房的基礎。

大家一定發現到，這裡面叫好的是教育當局，叫座的是家長，他們都不是教師施教的對象，真正的對象是學生。問題是前兩類人誰能影響學生對教師的看法？於是當絕大部分家長和學生都傾向於叫座不叫好時，教師如何抉擇去取？果真「在商業的範圍內修正藝術的方向」嗎？然而範圍如何定？怎麼個修正法？方向如何把握？在在都像手握平衡桿走鋼索，能演出成功的，非老手莫屬。但別忘了，走鋼索的常打扮成小丑，以討觀眾喜歡。

醫師能，教師不能

「顧客永遠是對的」這是商場必守的服務信條，似乎與清高的教育界扯不上關係。殊不知在慘遭升學主義汙染的教育環境中，教學已然蛻化為商業行為——並非教師願意這麼做，而是很多家長乃至學生都會這麼想。有一個私立中學的學生在遭受老師處罰後，憤恨地說：「有什麼了不起，你還不是我爸爸花錢請你來的！」花錢的永遠是大爺，顧客也就永遠是對的。顧客說這個貨不好，你只能陪不是；顧客說要買這個，你不能賣他那個，除非你說我們沒有——沒有？上別家買去！

有一種交易行為，對的永遠是賣方，那就是醫、病關係。醫師罵你怎麼當初沒有立即幫孩子冰敷，你坦承疏失；醫師要你讓孩子一天吃藥六次，你不敢要他六次作一次吃；醫師要你不可讓小孩多吃鹽，你不敢不煮淡食。從診斷到治療，醫師就是獨一無二的權威，為了孩子，一切聽醫師的準沒錯。豈止醫師？像律師、建築師、工程師、設計師、會計師，甚至理髮師、美容師、廚師、裁縫師、馴獸師，凡屬「師」字輩的，當他以受過專門訓練的身分執行業務時，他就是不容致疑的權威者。為什麼同樣是師，人家是百分之百的自信，而教師竟淪落到「顧客永遠是對的」地步？

高雄師範學院院長林清江曾說：「教師以其教育的專業素養堅持該做的做，不應該為家長的要求所左右，就像醫師的處方，病人沒有權干涉一樣。」然而實際情形是有些家長不只要求，而且態度強硬，彷彿他才是專家。任教於臺北市立師專附小的萬家春老師，就多番領教過這種家長。有一年為了參加臺北市的民族舞蹈比賽，不願意耽誤學生的課業，便利用放學時間帶學生製作道具，還自掏腰包張羅晚餐，也曾為安全一一送學生到家，但就在比賽前幾天，教務主任把她叫了去，「有家長說孩子到學校來是讀書的，可不是什麼舞龍舞獅的……」（見萬家春〈光靠我一個，行嗎〉）

學校教育目標有德、智、體、群、美，家長一心只有智育，為了怕影響成績，要求老師不要讓他孩子參加樂隊、不要當自治幹部、不要參加公眾服務、不要參加社團活動。老師倘敢不從，便一狀告到校長室，挾天子以令諸侯，兇悍的甚至於以轉班、轉學相要脅。

有一位明星國中的資深教師曾私下表示：家長帶給他的壓力，比校長和督學有過之而無不及。怪不得師大教授吳武典在教師研習班上作「角色放棄」的試驗時，總有三分之一的教師願意放棄的第一個角色是「教師」。作育英才是孟子所宣稱的人生三樂之一，有人之所以要放棄，是這個樂已因缺乏成就感而不成其為樂了。為什麼沒有成就感？教育自主權被剝奪了，有些被行政人員剝奪，有一半以上是喪失在家長手裡。有朝一日，當家長不再堅持顧客永遠是對的，教師能像醫師一樣憑著醫術醫德來救人濟世，才可能樂在其中。

這是當今教師的第二個困境。

百年之計或三年之計

教育是百年大業，但在升學掛帥的態勢下，小學教師實施的只是六年之計教育——成功地把學生送上國中的所謂好班；而國高中則是三年之計的教育——把學生送上高中或大學的所謂明星學校。三年、六年雖短，教師不會覺得輕鬆愉快，因為那是一段盲目的痛苦行程。

駱駝，你解除牠駝峰的負擔，就不成其為駱駝了；是駱駝，而你不讓牠做駱駝，當然痛苦。百年樹人的教師，就是在升學主義的淫威下，被解除駝峰的。他教書不教人，他只管成績不管其他，他所能發揮的教育功能小得可憐。他沒有時間去思索孩子的人格是否能健全發展，將來是否能成德達材。他只擔心孩子這次月考為什麼考不好，將來能不能榜上有名；他更擔心自己所帶的這一班成績不如別班，會不會影響學校的升學率，要如何向學校及家長交代——不能擔這個心，於是增加考試、鼓勵死背、幫助猜題，不行就補習，不好就打罵，只有如此他才能稍稍解除升學焦慮。

我不知道這種喪失理想向現實屈服的教育現象，算不算師道沉淪；只知道科舉時代宋人王令的一番議論，到今天居然還適用。他說：

天下之師絕久矣。今之名師者，徒使組刺章句，希望科第而已。昔者子路使子羔為費宰，子曰：「賊夫人之子！」今賊人子者盡是，是皆取戾於孔子者也，烏得為人師？

換一個較現代的說法，「賊人子」就是殘害下一代，而「是皆取戾於孔子者」就是這般人都是孔子的罪人。放眼今日，當大家紛紛自甘於孔子罪人的時候，堅持教育理想的豈不成了大家的罪人？

這是教師面臨的第三個困境：徘徊於百年與三年之間，也徘徊於理想與現實之間。

栽者培之，傾者覆之

升學主義下的教育特色是競爭，不只學生與學生爭，教師與教師也爭得慘烈至極。爭什麼？爭教學成績，而教學成績反映在學生的考試成績上，於是轉而爭好成績的學生、好成績的班級。就在這種情況之下，高貴的教育情操被踐踏了。成績好的便是好學生，另眼相看，疼惜有加；成績不好的便是壞學生，成了被漠視甚乃歧視的一群。同樣的情況也發生在升學班與就業班的學生身上，升學的嬌貴如蘭花，給予特別照顧；不升學的卑賤如野草，任其自生自滅。

高雄師範學院教育研究所曾調查南部五縣市國中，發現不升學學生的智力和成績都遠不及升學班的學生，而學校並未加強輔導，投入的教學資源不增反減。百分之七十三的專家學者、百分之四十八的各科教師都坦承，國中教師對不升學學生缺乏教學熱忱；這些學生受獎的記錄是升學生的四分之一，而受懲記錄卻是升學生的十一倍。這種「栽者培之，傾者覆之」的勢利作風，是極端違背教育精神的，而我們的教師優於為之。儘管教育廳長黃昆輝一再呼籲「不要放棄任何一個孩子」，又有什麼用？教師們只聽升學主義的話。

學生到學校受教，如同病人到醫院求診，重病送入加護病房，輕症則住進普通病房；教師在升學主義的操控下，卻反其道而行。這是當前教師的第四個困境，也是最不值得同情的違失。

向僧侶學習

教師長久以來面對四方拉力，陷身多重困境，而始終無法脫困，關鍵在於缺乏真正屬於自己的、強而有力的專業團體。某些政教兩棲的學者常宣稱教育是神聖事業，勉勵教育工作者向宗教家學習奉獻犧牲精神。我則認為教師首該學習的是他們的團隊精神和組織紀律，特別要向僧侶學習。

梵語的「僧伽(Samgha)」，略稱「僧」，原是個複數型態的名詞，中文翻不出複數，便添加一個表示群體的單音詞，於是而有「僧侶」、「僧眾」、「僧徒」、「僧團」等半音譯半意譯的雙音詞出現。「僧伽」的純意譯是「眾和會」或「和合眾」，意思是眾多比丘，一處和合。所謂「和」包含六方面：一是戒和同修（戒律相同），二是見和同解（見解一致），三是身和同住（生活一起），四是利和同均（利益一體），五是口和無諍（言語和諧），六是意和同悅（心靈和悅）。可見僧侶是個相當重視組織與紀律的共榮團體，所以佛家講皈依，除了皈依佛、皈依法以外，還要皈依僧——認同團體，服從紀律，以確立良好的公共形象。僧寶跟佛寶、法寶同等重要。

這正是教師要學習的。出家人皈依僧侶集團，教師則皈依「師侶集團」，團體的成員彼此認同，互相觀摩，既要強化專業智能，更要確立職業倫理與職團權威：對內淘汰有玷師表、有虧師道的不肖分子，對外抵拒來自家長、行政人員的不合理要求及升學主義的壓力。教師足以自衛自救、自清自律了，才能合力將教育導向正軌；教育成為教育了，全民都受惠，不只學生而已。

至於現存那些早就淪為政黨外圍組織的教師團體，諸如教育會、教師聯誼會等，不妨讓它們繼續供在那裡，就當是菩薩前的瓶花清供吧。

一九八三年六月

後記：

教育問題一向為社會大眾所關注，當年一系列談教育的文章在報上登出後，頗引起一些回響。老教授成惕軒先生更以其駢文素養親撰親書一聯：「養胸中浩然之氣，為天下有益之文。」藉孟子、顧炎武之言，嘉勉我這個僅數面之雅的後生小子。

惕老這一副對聯後來成為我書房的鎮房之寶，無論換什麼書房，總掛在離書桌最近的牆面，又儼然座右銘了。

二〇一三年三月

硯臺上的農夫

努力的天才

今年（一九八二）是青年書法家杜忠誥的豐收年。一般要「人書俱老」才可能獲得的兩頂桂冠：中山文藝獎與吳三連文藝獎，不約而同落在杜忠誥頭上。而他才三十四歲，人未老而有此書法造詣，憑的到底是天才還是努力？他說了：

「我寫字寫了一二十年，剛開始小有成就的時候，人家說我是天才，我往往沾沾自喜，差一點沒有陶醉在裡面。後來功夫越用越深，把所有時間和精力都投了進去——我犧牲一切享受，鎮日與書法為伍；在臺中師專念書，一直到快畢業了，才曉得公園和戲院在什麼地方——這時如果有人看了我的字讚我一聲天才，我會覺得很委屈，認為多年苦功夫平白被抹煞。

「現在在我書藝屢獲外界肯定的時候，有人說我是天才，我不喜也不怨。因為我對天才的看法已有改變：執著一項信念，堅持理想而全力以赴，始終不渝，這就是天才。換句話說，努力即天才。從這個觀點看，說我是天才，似乎也可以接受。」

「努力即天才」，天才的特質存在於努力之中。那天從杜忠誥住處夜訪歸來，一路上我一直在思索這個問題。想起小時候作文寫「我的志願」，都希望將來能做什麼家，但真正如願的有幾人？回首前塵，也許我們會說我沒有天分，會說我沒這個命我碰不到貴人，就很少檢討自己努力了沒有。「出家如初，成佛有餘。」這種貫徹初衷的毅力是絕大多數人所缺乏的，於是那些「成佛」的極少數人便被認作天才了。然而又有誰一出家就成佛的？只看結果，不看過程，正是我等凡夫的通病。

杜忠誥不是生來就會寫字的，他也不是生長在書香世家，家境中無任何薰陶，雙親甚至不識字，小時候從父母處學到的無非是田裡的事。他後來走向書法之路的原始契機，也間接與田事有關。

民國四十四年，杜忠誥小學一年級時的一個週末下午，母親要他到田裡掘蕃薯回來養豬及煮蕃薯粥。他擔起畚箕與鋤頭，越過一大片田野來到他們家的蕃薯園掘薯。掘著掘著，突然天色大變，起先是烏雲密佈，雷聲轟轟然，接著豆粒大的雨點蓋頭蓋臉撒了下來。四望平疇，無處可躲，他像一株孤樹佇立其間；天地一片茫茫漠漠，念及不得溫飽的家境，內心一陣悸動，不由得緊握著小拳頭揮向天際，大叫：「我將來絕不種田！絕不種田……」天空回答他的是一聲隆隆的響雷。

從那時起，杜忠誥說他立志要自己造命，不管做什麼事他都「全自動」，從考師專到進師大，從努力讀書到發憤練字。

杜忠誥雖說「將來絕不種田」，卻始終對田家事懷有莫名的深情。以書法成名後他取了兩個與種田有關的別號：一是「本農」，以示不忘本；一是「研農」，他說他要做另一種農夫——硯臺上的農夫。

勇於割捨

索忍尼辛說過：天才就是最懂得割捨的人。就因為能割捨，才能「用志不紛，乃凝於神」地把整個生命投注在努力之中，以底於成。杜忠誥是少數能割捨的成功者。

在進入師專之前，杜忠誥根本就不會寫字，連執筆都不懂，他原沒想到要當一名書法家的。起初他跟呂佛庭老師學畫，後來由於題字落款的需要，就兼練字，這一練竟練出興趣來。經過一段書畫並進的歷程之後，發覺一心不能二用，便捨繪畫而就書法。儘管書畫同源，但他認為同源畢竟異脈，所以自從對書法情有獨鍾以後，便不再提起畫筆，雖說當時他的畫藝在學生群中已是佼佼者。

民國六十三年，杜忠誥就讀師大夜間部國文系一年級，經王北岳老師的引介向奚南薰老師學篆書。白天他在小學教課，晚上搭一個小時的車趕到大學聽課，而他又是做老師做學生都極其敬業的人，再加上書藝的不敢荒廢，一時頗感心力不勝負荷。到了大二，罹患肺癌的奚老師病情不甚樂觀，渴望在有生之年能對這位得意弟子傾囊相授。杜忠誥為了不辜負老師，也為了把握這最後的學習機會，便毅然決然向師大夜間部辦理休學。

後來的發展更證明他勇於割捨的正確，不但盡學奚老師之所學，兩年後還因績優而獲得保送進入師大日間部的國文系，一如最初之所願。

在此之前，杜忠誥頻頻叩關大學，出入於日、夜間部以及國文系、美術系之間。除了前面提過的師大夜間部國文系外，更早他在夜間部還讀過三天美術系，也曾考取過文化學院美術系，並兩度報考師大日間部的國文系：一次是以隨營補習教育及格的同等學力參加大專聯招，另一次以師專畢業生的身分參加大二插班考試。令人扼腕的是，兩次皆因英語一科不如人而被摒於國文系門外。

美術系與國文系都可學到書法，但前者所重在藝，後者所重在道；杜忠誥說他不想只做一個「會寫字的人」，他必須「志於道」，於是便捨美術系而就國文系。此中當然也有來自前輩書家及師長的影響，諸如呂佛庭、屈萬里、汪中、于大成等先生都對他強調「寫字要盡脫俗氣，須得先有學養」。杜忠誥進到師大國文系以後的生活，除掉寫字，便是讀書，不只讀畢《資治通鑑》，又點完《段注說文解字》並牢記書中篆字字形及其造字本義。至於書法理論的鑽研更是不在話下，從他那一摞又一摞的資料卡中，不難窺知他所下的功夫。

練字成狂

杜忠誥其實打從學生時期就獲獎無數——同學取笑說人家是努力念書拿獎學金，他努力寫字拿獎學金——其中最值得一提的是在全省美展中創下三次掄元的空前佳績，贏得永久免審查的入展資格。「與書法結緣那麼久了，如果真的讓大家看到一點成績，」他說，「那這個成績在於努力，而努力又在於『勤學好問』之中。」

杜忠誥書法路上的勤學，無非就是苦練。

沒認識杜忠誥之前，讀到古書上某某人練字「退筆成冢」，某某人學書「池水盡墨」，總半信半疑，甚至視為神話；認識他以後，卻發覺神話就發生在他身上，我的四周。師大同學的那段日子，看他下課一回到寢室，只是不停地練字，幾乎到了廢寢忘食的地步；到外面吃自助餐，他總是拖到很晚，常吃到殘羹冷炙。晚上熄燈後，他每每欲罷不能，搬出自備的摺合桌，在走廊上就著昏黃的燈光繼續苦練不已。有一陣子學校規定宿舍裡不准放置「私有家具」，查獲一律沒收。杜忠誥到處藏他的練字桌，藏不了幾天就被教官搜走，所幸教官對這位名滿全校的書法家學生知之甚審，便主動安排了一個人情味十足的下場：特准他將練字桌寄放在教官休息室，隨時可取用，但熄燈後在走廊上練太晚，還是會受到干涉。「我在師專就沒這種待遇了，」事後他跟我們說：「熄燈後便搬到浴室去寫。大家都睡了，夜裡出奇地靜，只有筆毫滑行在紙上的依稀『音感』，偶爾遠處傳來幾聲狗吠，聲音格外警策。」

這真是應了杜忠誥自己常說的「學不至狂，藝難成」了。有一次室友笑他練字練瘋了，他說：「我是在發瘋，不過跟精神病患的瘋不一樣。我瘋，我曉得自己在做什麼；他們瘋，他們不曉得自己在做什麼。」他這樣子瘋狂地苦練，紙、筆、墨的消耗是相當驚人的。為了節省開銷，他向舊貨商大量購買過時報紙，用來練字，每天總要寫掉幾斤。他什麼報紙都寫過，寫久了甚至能分辨出哪種報紙適合寫哪一體字。他說中央日報、新生報適合練篆字，聯合報、青年戰士報適合練行草和隸書；有一次啟用一批中央日報練篆字，寫起來覺得不對勁，仔細一看，原來紙質換了，本來是毛毛不吃墨的變得光滑且吸墨。至於墨汁，他也是直接向廠商批購。他用五加侖容量的汽油桶裝墨汁，練字時倒出來加點水進去，可以既省墨又省紙——同一張報紙可先用淡墨再用濃墨，又可正反兩面寫，等於一張作四張用。說到筆，應該是較省的了，但由於報紙傷筆毫，他曾經在某一年暑假寫禿了一枝「大蘭竹」和一枝「一點化龍」。這兩枝禿筆他捨不得丟，保存下來作為當年瘋狂練字的紀念。

無論杜忠誥將來在書法界乃至書法史地位如何，設若有一天他對我說「王獻之寫完一缸水，我不知寫完幾缸」，我將不會認為他狂妄。

好問而多師

杜忠誥的勤學固然異於常人，好問更是轉益多師了。他就像一個企圖學遍武林招數的求藝人，跋山涉水地四處參訪武林高手。

第一個奠定杜忠誥書學基礎的是前面提到的，臺中師專呂佛庭老師；其他老師只要是懂書法的，他也都一一趨前請教。校內無可請教了，便轉向校外，中部一些具盛名的書法前輩，如曹緯初、陳其銓等先生都成了他求學問字的對象。畢業時，為了訪求更多名師，他申請分發文風較盛的北臺灣來服務。由於在校成績優異，如願來到南港毗鄰中央研究院的舊莊國小，一連串的拜師學藝歷程於焉展開，對象包括王愷和、王壯為、謝宗安、姚夢谷、傅狷夫、王北岳、奚南薰等書家。諸先生各有所長，篆隸草楷行各書體乃至書學美學諸理論，都不愁沒人指點了。其中有一段期間他南下服役，也不忘就近請教名擅南臺的朱玖瑩先生。他常掛在嘴邊的一句話是：「能觀千劍而後能劍，能讀千賦而後能賦。」

杜忠誥這種五嶽尋「仙」不辭遠的好學好問精神，在現代人尤其年輕人當中，堪稱異稟。「我好問，是受了我母親的影響。」有一次他在歷數師承後對我說道：「七八歲時的某一天，母親要我到離家很遠的市集去買楊麻繩，我畏縮著不敢起行，摸著頭皮問：『那店在哪裡？』母親不但不告訴我，還罵說：『路在嘴裡，你不會問嗎？』只好一路問了去，終於找到那家店。從此養成我不懂就問的個性。在學習書法這條路上，我總是先問今人，今人不足就問古人，省卻很多冤枉路。」

善悟而有得

除了勤學與好問，善悟也是成就杜忠誥書法造詣的主要因子。文中子有言：「思之思之，鬼神通之；非鬼神通之，精而熟之。」杜忠誥奉為圭臬，平常不管接觸到什麼，他很容易就聯想到書法，往往從中獲得不少啟示。看到白雲舒捲，他想到筆意；看到碧波盪漾，他想到筆勢；看到彩帶舞，他想到筆法；甚至從李小龍的擊拳動作以及淩波的黃梅調高歌之中，都能感悟到頓筆收筆的妙理。更不可思議的，連騎摩托車都不放過書法。

「那是兩年前的事，」他笑著說，「行草是我各體書法中最弱的一環，多年來我一直想開竅卻開不了窾，苦惱得很。每天無時不在想，吃飯在想，睡覺在想，騎摩托車也在想。有一天上班時，在摩托車上又在想這個問題。一路上人車很多，我根本沒動用什麼五官，一樣快慢自如，曲直隨意，閃躲及時，到了十字路口碰到紅燈，我也本著自然反應停了下來——對，自然反應！當時靈光一閃，馬上想到騎摩托車騎到某種境界，不只用肉眼，更用『靈眼』。用肉眼只能看片面，用靈眼卻能籠罩全局，像雷達，像探照燈，一切盡在掌握，行於所當行，止於不可不止。

「寫字又何嘗不如此？寫一筆不能只注意一筆，要照顧到整個字；寫一個字不能只注意一個字，要照顧到一行；寫一行不能只注意一行，要照顧到整篇字。從點到線，從線到面，聯絡照應之間，純任自然，這就是『布陣』，這就是『行氣』，正是我寫行草最欠缺的。

「騎摩托車我可以做到，寫行草當然也可以。自此以後茅塞頓開，每晚練字練到深夜，早起又練，唯恐靈感跑掉。如此苦練了半個多月，全身病痛，耳鳴、眼痠、喉燒、神經痛，全來了，不得已只好請假休息了兩天。這是我學寫字近二十年來最痛苦的一次開悟過程，付出的代價相當高，但值得。」他笑了，神采奕奕。

「不簡單，比王陽明格竹子還辛苦。我還聽說有一陣子郭小莊愛上書法，因為書法能帶給她演戲唱戲的靈感。」我說。

「的確，天下的道理都是相通的，再說我也是向古人學來的。張旭見擔夫爭道而悟筆法之妙，黃庭堅觀蕩槳而得筆勢，雷簡夫聞江濤而書藝大進，清道人聽譚鑫培唱戲能從收音聯想到收筆。書法這門學問說大不大，說小也不小，如果沒有一點悟性的話，想要『人書俱老』是辦不到的。」杜忠誥說出了他的悟後心得。

以書法莊嚴生命

杜忠誥藉著勤學、好問以及善悟，成就了一己的書法王國，也以此啟迪那些親炙於他的書法愛好者。

大學時我有幸與忠誥兄同班又同寢室，得以就近請教書法，也常旁觀他教別人書法，深知他確有一套與眾不同的教學方式。對於初學者或學意不堅的人，他就先進行「心理建設」：向他們出示早年自己初學時極不成熟的作品，以堅定他們學書的信心。在教學的過程中，除了諸如此類的現身說法外，他也善於從生活中連類引物，巧譬善導，以加速學習者的領悟。

杜忠誥早在學生時期就擔任臺大及師大等校書法社團的指導老師，他也經常應邀到各大專院校去作專題演講，所到之處往往造成轟動，並掀起書法學習的熱潮。聽過他演講或看過他示範揮毫的人，都忘不了他那渾然忘我、人書一體的書家丰神。他會為了說明運筆的道理及強調悟性，在臺上學凌波唱起「遠山含笑」，甚至學李小龍出拳踢腿。東吳大學邀請他演講，巨幅海報上就寫著：「你聽過有人用黃梅調解說書法嗎？你聽過有人用截拳道闡釋書法嗎？」

在書法面前，杜忠誥不藏私，永遠忠誠；他把一切獻給了書法，包括為數本就不多的金錢。

不久前我到杜忠誥賃居處看他，書房裡他指著滿壁滿地的碑帖、印譜、字畫以及筆墨紙張說：「我沒什麼財產，這就是我的財產！」還說哪幾樣是舊書攤無意中尋到的寶，哪幾樣是用幾個月薪水換來的。印象最深的是十年前有一天帶著五百塊錢尋訪牯嶺街，看上一冊善本《瘞鶴銘》；老闆索價正好五百，硬是不肯降價。杜忠誥其實也認為值得這個價，但因回程需車資，晚餐也不能不吃，便據實以告。老闆於是降價二十元，讓他如願帶走好書，而又不必捱餓。

如果說買來的碑帖是杜忠誥的寵物，那麼寫出來的作品便是他的愛兒了。「有一次我帶著幾幅作品去請一位師長過目，」杜忠誥回憶道：「摩托車騎到半途，突然下起雨來了，我趕忙停車，從置物箱裡拿出僅有的一件雨衣裹住作品，自己卻讓雨淋得渾身溼透。現在想起來都覺得好笑。」

瞭解杜忠誥的人都知道那一點也不好笑，那是一種莊嚴的執著，對藝術，也是對生命。

九八二年十一月

追尋天地間不滅的明師
——書法家杜忠誥的閱讀之旅

「這一輩子我得了兩種無可救藥的癌：讀書癌和寫字癌，我一提起毛筆就忘了時間，一打開書本也會忘掉時間。大家知道我寫字寫得很勤，其實我讀起書來更是用心。」安珀颱風離臺的翌日，臺北市羅斯福路上一間滿溢著書香與墨香的斗室，書法家杜忠誥以他一貫自信的神情，暢談他個人的讀書經驗。

怎麼喜歡上讀書的？杜忠誥說半是機緣半天生。小時候生活但求溫飽，父母又都不識字，這樣的家庭環境並不適於培育讀書種子。幸運的是在那偏僻的村子裡，竟然也有一戶謝姓人家，請來老師在家裡教小孩「讀漢學仔」。有天晚上他起了好奇心，躲在牆腳下豎起耳朵偷聽，聽到裡面傳出押韻、帶節奏的琅琅書聲，突然就滿心歡喜，跟著唸誦起來。這剎那間的歡喜心，就此隱隱埋下他喜歡讀書的種子，但由於土壤過分貧瘠，歷經小學、初中，一直要到進入師專，種子得到較多的澆沃，才真正生發萌芽。

書中喜遇賢父兄

「那時候，開始大量閱讀課外書。有一天讀到《曾文正公家書》，發覺裡面的家書都是作者苦口婆心誘導子弟怎麼讀書寫字、做人處世；道理平實，語氣親切，讀著讀著內心就起了感動，我感覺我好像碰到了『賢父兄』。

「在讀書求學這條路上，我沒有孟子所謂的賢父兄；少了書香的庇蔭，我一切從零開始，我就追追追，追到了天地間最偉大最高明的老師來教我。曾文正公是其中的第一位，他可以算是我這方面的啟蒙師。講到這裡，我必須感激我的父母，是他們讓我自生自滅，使我在自求多福中得以適性發展，讀我喜歡讀的書，寫我喜歡寫的字。」

《曾文正公家書》之後，杜忠誥讀《曾文正公日記》，又從這一位賢父兄身上獲得進一步的啟迪。「這本《日記》讓你見識到一個人『克己省察』的真正工夫。曾文正公很少在日記裡批評別人，一切反求諸己，幾乎天天都在檢點自己、責備自己。我後來寫日記就是學他，老老實實面對自己，這樣生命才會不斷成長、進步。」

《了凡四訓》也是當時深深影響少年杜忠誥的一本奇書。作者袁了凡是明朝人，年輕時被一個相術奇準的人算出一生榮枯，從此思想消極，不再有任何作為。後來遇見了雲谷禪師，禪師一方面笑他「我待汝是豪傑，原來只是凡夫」，一方面開導他「命由我作，福自己求」，這才讓他扭轉了命運，重建人生。

「透過袁了凡現身說法，我學到了命運掌控在自己手中的一份自信，也認識到命運中真正的因果。沒有人可以否定因果，但我們該相信的因，是自己可以決定的後天之因，也就是心念的正邪、態度的誠偽；而不是先天一些自己不能作主的諸如生辰、長相、出身、性別、排行等等。《了凡四訓》的及時啟發，對我這個無任何庇廕的窮人家子弟，非常重要。我告訴自己，別人家的小孩有父母帶他讀書，我沒有，我一切『全自動』，我必須靠自己的努力來彌補這份缺憾。」

現今社會侈言命理，杜忠誥頗不以為然。他認為喜歡找人算命的應該讀讀《了凡四訓》，那些一天到晚替人家斷吉凶禍福的，更應該精讀《了凡四訓》。

「碰到有人自詡精通命理，我總忍不住要問他是否讀過這本書。要是沒讀過，命算得再準，對人恐怕也沒什麼正面的幫助。讀過的，我會進一步追問他對這本書的看法。如果肯定這本書的價值，我就說：『你能救人！』如果認為這本書不值一讀，我會毫不客氣地對他說：『你會害人！』」

歷史中看到因果

對因果關係的正確認識，《了凡四訓》固然替他開了眼，但使他識見更為開闊、通達的毋寧是史書，尤其是《資治通鑑》。

《資治通鑑》是杜忠誥師專畢業後，在有計畫讀史的情況下，受到屈萬里先生的指點才去讀的。

這部書卷帙浩繁，現在不管什麼版本都分裝成十幾冊，如果動機不強或缺乏耐性，是不容易讀完的。屈先生考慮到了這一點，暗示杜忠誥如果嫌部頭太大，不妨退而求其次，改讀濃縮的《綱鑑易知錄》。「我當時好勝心強，心想要看嘛就看全豹，還讀什麼濃縮的！」

一九七四年一月十二日杜忠誥開卷點讀《資治通鑑》，一九七八年八月二日讀畢全書。有人認為耗費那麼多時間，讀的盡是「斷爛朝報」，未必值得。「怎麼不值得？我只付出四年半，卻換來一千三百六十二年的歷史，短時間內看盡歷代興亡，天地間再也沒有比這更便宜的事了。至於是不是『斷爛朝報』，端看你讀史會不會用心，會不會把一樁樁孤立事件用因果關係整個串聯起來。抓住了這個竅門，你會發現歷史不斷地在重演，看到了因，你就會預想到果，看得你怵目驚心——替古人擔憂啊，但樂趣就在這裡面，智慧也在這裡面。因為我們能從前人身上看到自己，也看到周遭的人。」

透過因果觀讀《通鑑》，粗具史學涵養的人都做得到，算不上杜忠誥的獨得之祕。難能的是，杜忠誥把對因果關係的認知進一步內在化，轉化成敬畏因果。

「在人倫日用之間，做什麼事，說什麼話，我總是在『因』上就懷有憂患意識。」特別強調他所敬畏的是前「因」，而不是後「果」，畏果不只無濟於事，而且顯得愚蠢。「佛家講『菩薩畏因，凡夫畏果』，就是告訴我們在起心動念處，就要看到可能導致的果。假使這個果可怕，不要等到果報來了才害怕，必須在種因時就知所戒慎。『果』就藏在『因』裡面，一般人並非不知道這一點，卻常常忽略這一點。關鍵在於『果』往往不是緊跟著『因』而來，因果之間常被時間阻斷，使人很容易忽略二者在邏輯上的必然。」

讀史能讀出敬畏因果的信仰來，一方面固是杜忠誥善讀書，一方面也是他深受傳統史觀——垂訓主義的影響使然。「有人一提到因果，就想到宗教，殊不知歷史上活生生的因果報應更具教化作用與警世效果。」

儒與道印證生命

身為教育工作者，杜忠誥常說最高明的老師就是能對學生有所啟發的老師。從十六歲開始，他縱身書海，尋求「天地間最偉大最高明的老師」，求的正是這樣的明師。明師可遇亦可求，關鍵就在於讀書是否用心，能用心就能感應，從而獲得啟發。宋儒有謂：「會得，死句亦成活句；不會，活句亦成死句。」會，就是感應，文字的世界有感應就有生命。

「老子是天地間難得一遇的明師，他的『五千言』是智慧的結晶，字字珠璣。像『反者道之動』，教你在適當的時候必須懂得退，這個退只是表象，在退的背後其實你另有所進：你的心智正在暗中成長。又如『無為而無不為』，等於在教你『用最少的時間最小的精力，達到事情最大最好的功效』。再如『天下皆知美之為美，斯惡矣；天下皆知善之為善，斯不善矣』，或許自己是研習書藝書道的，對此體會特別深刻，感觸也特別多。我們都知道藝術追求美，宗教追求善，但如果過分執著，放不下，那麼人世間一切藝術之美、宗教之善，到頭來反成災害。

「從莊子那裡，我學到了老實與頑皮。這兩種看似矛盾其實相融的氣質，在我的生命世界裡輪番出入，也在我的藝術實踐裡得到辯證的統一。『既彫既琢，復歸於樸。』《莊子》書中的原文只是這八個字。

「孟子開展出來的是另一種生命情調。他的氣很盛，有時還很逼人，因為背後有強大的信念在支持他。孟子堪稱衰世中的導師，他教人『集義養氣』，教人做真正的大丈夫，教人不要迷信權威，教人『說大人則藐之』、『雖千萬人吾往矣』；所有這些信念的增強無一不是從集義養氣來。凡是行事猥瑣拘鄙、缺乏自信的人，都應該好好把《孟子》讀一讀，讀通了一輩子受用。

「不能不提王陽明的《傳習錄》，因為對我的啟發和影響實在太大。它確立了我的知識觀、讀書觀乃至生命觀：生命跟學問不能劃作兩截，我們讀書是為了求得學問，但求得的學問如果無法在生命中體現出來，就不算真學問。我讀《傳習錄》，特別是看了後頭附錄的《朱子晚年定論》，我大為感動。想想看，朱子這樣一個被奉為一代儒宗的人，居然自承言論著作『太涉支離』、『自誑誑人』、『誤人不少』，而以『不能及時改正』為憾，甚至於恨自己『盲廢之不早』。這種服膺真理、坦然面對自我的氣度——環顧當今學界或政壇，有些人一旦有了成就和地位，便不再承認自己也會犯錯，總是百般遮掩；相形之下，朱子就顯得可親可敬多了。」

佛法中擺平自己

生命是活的，學問必須比它更活，不斷地注入新血，才能在開展中有所創發乃至超越。二十九歲那年因著某種勝緣，杜忠誥認識南懷瑾先生，在南先生的引領下，開始研讀佛經。《楞嚴經》是南先生推介給杜忠誥的第一部佛經，送書時還特地在封面上題了兩行小字：「自從一讀楞嚴後，不看人間糟粕書。」足見南先生對這部經典的推崇。

長久浸淫在儒、道兩家思想中的杜忠誥，研讀《楞嚴經》等於是透過佛眼，讓他重新認識這個他生存了近三十年的世界。從生命原理的探討到宇宙萬象的分析，從知解到行證，從煩惱到菩提，從本體到現象，這部經書幾乎無所不包。在所有讀過的佛經中，杜忠誥認為《楞嚴經》最明白最精采，也最究竟最圓滿。

此外，《六祖壇經》也是讓杜忠誥受益良多的一部經。他說《壇經》像《論語》，「六祖所開示的種種，如『直心是道場』、『當下即是』，相當簡潔、真切，又能落實到生活，就算不信佛的人也容易接受。」他後來到日本留學，行囊中帶了三部佛書，其中兩部是南先生的著作，另一部就是《六祖壇經》。

十六歲學書，二十九歲學佛，當書法碰上佛法，不啻符號碰上生命，沒有人能預知結局。二十年了，杜忠誥一路行來，山重水複疑無路之後，展現在眼前的竟是另一番氣象與境界：

「佛者，覺也。佛法幫助你恢復最純粹的感覺能力，書法就是在書寫的時候讓你有感覺。我常說要寫有感覺的字，做個有感覺的人。我忠於我的感覺，以執筆為例，我目前所用的是自覺最自在的單鉤執筆法，並不拘執於過去的成法或定法。《金剛經》上說：『法尚應捨，何況非法。』

「沒有學佛以前，我講求唯美，執著形式。學佛以後，在佛法中漸漸消解了來自形式的障縛，同時悟出『再怎麼寫也不可能「完美」』的道理，於是我轉而追求『趣味』；『留一些缺點給別人去批評吧！』是我在較為滿意的作品完成時，對自己常說的一句話，於是人快活，作品的風格也慢慢建立起來。

「能擺平自己，才能進入最佳創作狀態，佛法正是教你如何擺平自己。」

沒有不讀書的書法家

原本杜忠誥只是為學佛而學佛，沒想到學了佛法竟讓他圓成了書法。讀書之於書法也是如此，早年讀書純粹基於興趣，是受到一顆歡喜心的驅使；後來發現與書法有關的學問相當不少，不能不多讀書，於是書愈讀愈勤，字愈寫愈順，兩者皆欲罷不能。所以他才會說自己得了讀書癌和寫字癌。

「書法家都是由讀書人扮演的，歷史上找不到不讀書的書法家。因為書法和書都離不開文字。書法可以說是一門綜合藝術——美學、文學與哲學完美結合在一起的綜合藝術。理想的書法家身兼匠人、詩人、哲人三種角色：匠人著力於技巧法度的磨練，詩人專意在情感趣味的涵泳，哲人留心於生命理境的體悟；三者分工合作，從書『法』、書『藝』、書『道』三方面體現文字之美。」

正由於書法是內涵如此豐富的藝術，欣賞書法也就成了多層次的一種審美活動。「從作品中感知創作者的生命律動，這是最高層次；捕捉作品中透出的情趣，這是第二層次；鑑賞作品的表現形式，諸如用筆、墨色、結體、造型、謀篇布局乃至用印、裝裱等，這是第三層次；至於閱讀作品的文字內容，是最低的一個層次。不管面對哪一種書體或什麼人的作品，一定要會合這四個層次，才稱得上『完全欣賞』。」

「因此，要用心，不能光是用眼睛。」人世間一切智能上性靈上的活動，都要用心，而且完全用心。讀書不用心或用心不全的，得到的常是一些浮面的零碎的東西；完全用心的，面面俱到，層層深入，最後感而遂通，「得其意而去」。

想要讀通杜忠誥這個人，也非得用心不可。他曾說自己無論讀書或寫字，「其實是個大雜家」。我們也相信杜忠誥的大而雜，是天地間明師不斷作用在他身上的最佳結果。

一九九七年十月

體道之心，放膽之文

——序杜忠誥《池邊影事》

自有文章以來，天地之間稱得上文章的文章，不外兩大類：作家之文與學者之文。前者重藝術性，偏於形象思惟；後者富於思想性，行文以邏輯思惟為主。從接受美學的觀點看，讀者（受眾）面對這兩種大異其趣的文章，閱讀態度理應有所不同。讀作家之文，當如臨流垂釣，即便釣不到魚，也已飽覽一川風月，快然自足。讀學者之文，則有如入水捕魚，須先確認自己要的是什麼魚以及哪裡有魚；也只有具此眼目，才會有所得，最後得魚而忘筌。

杜忠誥以書法名家，文章是其餘事。從書法看杜忠誥，我們看到他揮灑筆墨、出入造化的才情；從文章中我們看到的不是才情，而是他的器識與學問。杜忠誥在書法創作、講學教課之餘，是以立言載道的態度來從事寫作的。就是這種態度，決定了他文章思想內容的高度與深度。以學者型的文章而言，堪稱淵渟嶽峙，水深而魚肥。收在《池邊影事》的諸多篇章，其所載的道，即使是書法這種小道——「小道」是從俗的方便說法，杜忠誥必不以之為小——亦大有可觀。

書法的審美特質偏於抽象，書家要從抽象中感受美、表現美，少不了悟性。張旭因見挑夫趕路而悟筆法，懷素觀察閃電、夏雲、江濤而悟得狂草筆意，黃庭堅從船夫撥櫂的動作看到筆勢，清道人聽唱戲由收音聯想到收筆之妙。杜忠誥學書過程中此類體驗也層出不窮，但他最終並沒有只停留在書法，而是向前又推進一層，由書法之道感悟到處世之道，拈出生命的學問。

杜忠誥把自己的書法工作室命名為「養龢齋」（龢，同「和」），其取義就大有學問。他認為書法創作是追求和諧的一種藝術，從點畫到結體，從結體到行氣，從行氣到整幅作品，書家要處理的，無非是個體與群體和諧的問題。人與人之間，自我與群我之間，其相處之道，盡在於此。「練書法是在替字的點畫做人。」一般書家說不出這種體道之言。

書法始終是杜忠誥生命中重要的修行，因為學書練字可以「讓你沒脾氣」：

書法所使用的這管充滿彈性的毛筆，要能隨心所欲地操控它，說難不難，說易也並不那麼容易。實際創作時用筆的快慢、頓挫、方圓、輕重，結體的疏密、開合、長短、大小，稍有閃失，便不能恰到好處，「止於至善」。成功的甜頭難嚐，而失敗的挫折感卻隨時可遇；你若起瞋動氣，不但於事無補，反而只會讓情況更糟。除非你逃避放棄它，否則除了面對現實，再試再練，再思考，再修正，沒有更好的辦法。總之，寫字就是讓你沒脾氣；就在這裡動心忍性，增益其所不能，在這裡修行。

（〈藝術的與宗教的〉）

既是修行，就不能只在藝術上追求卓越，而更應在心靈上有所超越：不以完美為完美，不完美也是一種完美。走在書法創作的道路上，「留一些缺點讓人家去批評吧」便不僅是自我寬慰，而更是深造

有得之言。（見〈書藝創作的「養」與「用」〉）

書法之於杜忠誥，已由純藝術的領域進入道的境地。在個別的不同篇章中，他一再援引《莊子》庖丁解牛「臣之所好者道也，進於技矣」來印證一己的體悟。籌組社團時，他捨「書法」、「書藝」而取「書道」以為名；不明他用心的人，指其襲用日文漢字詞彙。他於是在《中華書道研究》發刊詞〉中，擺出諸多證據以論斷「書道」一詞其實源自中國，並進一步闡明「由藝通道」、「以藝顯道」的書道精義。就算純從藝術、美學的角度看書法，對書法家的角色，他也有異於常人的定位與期許：

一個理想的藝術家，必須同時兼具三種角色：匠人、詩人與哲人。「匠人」著眼於法度技巧的錘鍊，「詩人」重在情感趣味的涵泳，而「哲人」則指向人格生命本質意義的關注，重在對於道之體悟與把握。……有了「匠人」的本事，若缺乏「詩人」的氣質，作品便顯得瑣屑庸凡而少情趣；若缺乏「哲人」的思想，作品即使有法度，有情趣，卻極易流於淺薄，絕難產生意境深遠的動人作品。

（〈剛健含婀娜——我看洛夫的書法〉）

杜忠誥的書法之道是如此地寬廣開闊，他甚至可以聯結佛法，提出一套書道通佛道的完整理論。（見〈學書與學佛〉）這見解也貫串於〈藝術的與宗教的〉、〈是書非思量分別之所能解〉、〈自得天機自長成〉、〈淬煉與蛻變〉、〈老實與頑皮〉、〈破繭說〉等篇章之中。

杜忠誥的書法世界是個目擊道存的世界，進入這個世界，恍如進入網路世界，心靈的引擎一啟動，到處通達。杜忠誥真所謂「書法達人」——這「達人」也不能從日文漢字詞彙去理解，在中文文獻中指的常是有道之士——此中多少也反映出他感悟力聯想力的敏銳靈活。

談到聯想力，必須一提他的比喻功力。我知道他講學時善於連類引物、巧譬善導，大開大闔，但不知何故，碰到寫作卻矜持起來。儘管如此，由於慣性使然，杜忠誥筆下終究是藏不住比喻的，〈學書與學佛〉一文中還出現了聯想奇特的神來之「比」：

就學習上說，學某家書即「偷」某家，擺明是「偷」，公開地「偷」。「善師者師其意，不善師者師其迹。」高明的，偷機器；不高明的，偷成品。偷來的東西，還要有銷贓能力——轉化，否則，學歐只是像歐，學柳只是像柳，一下就被逮著，便不妙了。同樣是偷，也有三不等的偷法，小偷能偷一、兩家；中偷能偷十來家；大偷能偷幾十家；至於神偷，不但偷盡古今來大戶人家，還偷到宇宙造化去。明明是偷，卻似本有，完全不著偷的痕跡。

用偷竊、銷贓、被逮等一連串負面評價的行為，來比方正面的書法學習，居然不會予人不協調之感，只覺得無理而妙、反常卻合道。這是所謂「妙喻」，是比喻最極致的發揮。

無獨有偶，梁啟超也曾用過盜賊來「以貶喻褒」。他在〈新民說〉中宣揚西人進取冒險之精神時，提到一個中國寓言故事：有人酷愛黃金，逛鬧市時見金店裡金光閃閃，入門就搶，被扭送到衙門後縣官問：「店裡店外都是人，為何你還敢搶？」答道：「當時我只看到金子沒看到人。」梁氏講故事旨在設喻說理，於是他抓住其中一點就大打比方、大發議論：「夫英雄豪傑、孝子烈婦、忠臣義士，以至熱心之宗教家、政治家、美術家、探險家，當殉其主義，赴其目的，何一非『見金不見人』之類也？若是者，莫之為而為，莫之至而至，豈惟不見有人，並不見有我焉。」

善用比喻或其他聯想式、替換式的表意方法，對學者型的文章確有軟化之功；梁啟超寫評論而「筆鋒常帶感情」，即是得力於此。杜忠誥以其聯想力蘊藏之豐富，只消放開學者的矜重，便能為文章多添幾許文學色彩，畢竟學者之文並不等於學術論文。

書道、佛道而外，書中對儒道、世道亦多所觸及，乃至現實社會中的文化、教育、政治諸現象，都成了杜忠誥有感而發的對象。他寫這一類文章，批判力道十分強勁，只見金剛怒目而罕見菩薩低眉。其氣盛言宣的情狀，讓人想起孟子之怒批楊墨、痛斥許行。此中靠的全是一己的信念與使命感，反映出他文化人性格中狂者進取的一面。

謝枋得《文章軌範》分天下文章為二類：其一放膽之文，其二小心之文。杜忠誥走的是放膽高論這一路。回應前面「讀者入水捕魚」的取喻，拿魚來比他的文章，應是那種起網後出水時兀自活蹦亂跳的一尾大魚吧。

《元史》評論趙孟頫有謂：「知其書畫者不知其文章，知其文章者不知其經濟之學。」有感於此，用敢不揣譾陋，承命作序，拉拉雜雜寫下此文。佛頭著糞，識者諒之。

二〇〇九年九月

斷想錄七章

受教育狂

從來只聽過「受虐待狂」，最近有學者竟說儒家文化圈普遍有「受教育狂」的傾向。這是不是危言聳聽呢？如果「受教育狂」指的是接受教育的意願極其強烈，則衡諸事實，有加以修正的必要。

修正之一：不是每個人都「主動」想接受教育。通常是子女在父母的設計下，被驅策去接受要他接受的教育；至於父母本人，很可能只看電視不看書。

修正之二：「接受教育」其實是「進學校」的誇大。因為大家普遍重視的是拿到什麼文憑——學歷，而不是求到什麼學問——學力。

修正之三：喜歡接受教育並不等於熱愛知識或喜歡讀書。我們看到的事實是：很多人考上大學就不怎麼讀書，出了校門什麼書都不讀的，更是比比皆是。

古人有言：「非關因果方為善，不計科名始讀書。」這顯然不是事實的陳述，而是理想的嚮往，或是想做真正讀書人的一種自我期許。由此也可以反證：為功名利祿而讀書，讀書為考試，一向是華人社會的主流價值。

《儒林外史》所諷刺的人與事，其實不只存在於科舉時代。

變態教育

「學問」這兩個字暗藏很大的學問。學與問是求取知識的兩大法門，不學不問便得不到知識，我們於是直截了當地把「學問」當「知識」看。即學問即知識，以手段為目的，等於是告訴大家：求學問要踏實，做學問要耐得住寂寞，因為它強調的是過程，過程比結果重要。

陳之藩在賓州大學時，有位老教授來湖邊釣魚常空手而回，卻始終樂在其中，因為他「為釣不為魚」、「釣勝於魚」。陳氏因而聯想到美國學界為研究而研究的風氣，認為「能夠欣賞釣而不計較魚，是會使一個人快樂，使一個團體健康，使一個社會成功的。」

我由陳之藩的結論想到我們可憐的莘莘學子，他們在長達十幾年的學校教育中，從來只計較魚而不欣賞釣，以至於學得很不快樂。我們的學校更是「不健康團體」的典型，實施以升學為導向的病態教育，從來只看考試成績不看學習過程。

君不見那被稱作「學校」的地方，大門口竟出現標榜升學成果的跑馬燈，三不五時還秀出明星學生的姓名和成績，以廣招徠。如此辦學，何異於經營補習班乃至彩券投注站？有朋友說得更沉慟，將之比作「昔時老鴇開紅燈戶」。這就不只病態，簡直變態了。

教育媽媽

有一個國中女生很會讀書也很會考試，每考必得第一。有一回段考她拿了個第二回家，媽媽在成績冊上簽過名後，夾了一張紙條，上寫著「應該嗎」三個字，彷彿她剛剛看過的是女兒被記大過的訓導處通知單。

同事轉述這個「親子事件」時，既為她的學生叫屈，也為天底下竟有這樣的教育媽媽而心寒，我則想到電視上「高人一等」的奶粉廣告和「天生贏家」的汽車廣告。什麼樣的社會就有什麼樣的廣告，那個媽媽在我們這裡並非異類；她錯在不該把女兒「應該」做天生贏家、高人一等的想法，赤裸裸地形諸文字，並以此刺向女兒求好的一顆心。

英語教學

部編的統一教材最便於聯考，聯考帶來惡性升學競爭，這是眾所皆知的；而聯考帶來惡性教學法，則鮮為人知。英語考試有所謂「中翻英」，英語教師為了讓學生翻出中文所無、而英文不可或缺的句子成分，便一個蘿蔔一個坑硬造出這樣的中文怪句：

——我的母親和音樂老師正在辦公室互相談話。

——我的一些同學每天走路上學。

——「媽！我的夾克在哪兒？」「它一定是在客廳的沙發上。」

中翻英如此，英翻中亦同樣蹩腳又彆扭。這樣子的英語教學，豈止英語學不好，連中文也跟著陪葬了。看看我們中學生作文簿上的句子吧：

——在我是小學生的時候……

——從我們出生後，就扮演著人生舞臺上一個重要的角色。

——一個人從小的時候開始，心中就會有了關於未來的幻想。

——至今，我找不到改變了自己是什麼原因，或許是長大吧！

——坐在教室中，正在絞盡腦汁為著一題數學的我……

諸如此類不像中文的中文，正所謂「邯鄲學步，未得國能，失其故步」。究竟誰該負這個責任？國文教師嗎？一個可能存在的事實，是國文教師好不容易把學生惡性西化的中文糾正過來了，卻被英語教師又整個拉了過去。而不幸的是學生花在英語的時間和心思，又往往比國文多太多。國文教師以一人之力而與他們英語師生拔河，只能小輸就算贏了。

書呆子

「開卷有益」這話雖然武斷，但不騙人。

會讀書的，即令讀的是《肉蒲團》、《花花公子》，也能讀出一番學問來。因為他能從裡面發現一般人發現不到的問題，進而從各個角度去思索這些問題。不會讀書的，就算每天捧的是聖經賢傳，也不過成就一個書呆子而已。所謂書呆子就是不讀不呆，越讀越呆：他每讀一本書，便接受一種說法，到最後他不知採行哪一種說法才好，只好陷身於無所適從的困境而不能自拔。書呆子之所以只會讀書不會生活，原因在此。

開卷有益的關鍵，在於什麼人在開這個卷，而不在於你開了什麼卷。

榜樣

「如果我說小孩是大人的榜樣，或許你會覺得很荒謬。其實不荒謬，每天翻開報紙的社會新聞版，看到的盡是凶殺、竊盜、冒貸、擄人勒贖等等，這些都是誰做的？是大人！大人在我們心目中，幾乎成了『壞人』的同義詞。那麼是誰該向誰學習，誰該成為誰的榜樣呢？」

這一段令人讀之赧然的話，是在國中生作文簿上看到的。十三四歲的小孩所欲表詮的現象應是：人越大越懂事，人也越長越壞。過馬路最不遵守交通規則的是大學生，其次依序是中學生、小學生；至於小學生，還得拿幼稚園的小朋友作榜樣才行。

大人喜歡教小孩子唱「只要我長大」，等他真長大了，才發現原來從小歌頌的「哥哥爸爸真偉大」全是神話。

成長，果然是幻滅的開始？

祕訣

到教練場學開車，自稱開過坦克車的教練，一上來就急著要授我「開車祕訣」，他說：「這祕訣我歸納為十六字真言，那就是『要走就走，要停就停，要快就快，要慢就慢』。你牢牢記住，不怕學不會！」說完他重複做著走走停停忽快忽慢的開車動作，然後要我照著做。只見我一陣手忙腳亂，要走走不了，要停停不好，要快快不起來，要慢慢不下來；他於是大呼小叫，差一點「笨」字就罵出口。我也按捺不住，將車子停下來熄了火，對他說：「你要不要聽我背那『四句訣』給你？我甚至可以回家教我那四歲的小孩倒背如流，但保證你打死他，他也學不會開車！」

本來我以為教練要傳給我的是具體可把握的動作要領，不想竟是如此不著邊際的所謂「祕訣」。我們這是什麼傳統？無論教什麼，都愛搬弄語言文字，說空話講大道理，乃至以符號世界代替所指世界，連最需實際操作的汽車駕駛教學也無法倖免。

難怪林語堂要說華人「極崇拜文字，甚至賴文字而生活著」。

好花看到半開時

當亞當與夏娃驚覺到赤裸是羞恥，我們老祖宗便把「龍戰於野，其血玄黃」的人倫大事移入深宮重帷之中。也就在這時候，詩意湧上人們的心頭，人們開始懂得說話做事該到何等地步，好讓接受者能有充分空間活動他的想像力，或者寄託他的自我感覺。好比倒茶只倒七分滿，主客兩便，不然端杯都成問題，遑論品嘗了。

就在前些日子，退出歌壇已數十年的白光突然復出獻唱。當年人稱「一代妖姬」，而今紅顏不再，老人唱老歌，「秋夜」已暗沉，「讓我醉在你的懷中」只是平添悵恨，而「我等著你回來，你為啥不回來」更幾近嘲弄。一個對著月兒遐思滿懷的人，目睹太空船傳送回來的月球照像，其中沒有瓊樓玉宇、凌虛仙子，但見荒漠一片，叫他如何不慘然？有人抵死不肯闖後臺會見那卸盡鉛華的名伶名旦，不能不說他識趣。

跟那位自毀偶像的歌后比起來，影壇上的老人王萊也是無獨有偶。她從少女演起，中經少婦、壯婦，直演到老婦，也很是帶給影迷某種心理上的疲乏感。「波迷」已遠，到底被迷的人不能像尤敏、葛蘭那樣，喝采正隆的當兒及時隱退，恰似熠熠明星猝爾消逝在眾目睽睽的夜空中，留下無限的懷念，且讓人在懷念中夜夜翹首企盼巨星之再臨。

藝界如此，政界何獨不然？花不長開，月到十五光明少；臺上的得意人面對著臺下不斷的「再來一個」，片刻陶醉後要隨即清醒，見好就收。一定要等到沒人喊「再來一個」才黯然下臺，那真是歌衫舞遍氍毹冷，忒淒涼。有一位叫王徽之的古代人，月光下百里迢迢地雪夜訪友，才到門口便折回；乘著興來，又乘著興返，沒有一絲遺憾，恰足風流千古。「若使過門先見了，千年風致一時休。」後世詩人如此詠嘆，顯然是從中感受到了綿綿詩意。

興不能太盡，情不能太洩，蘊藉含蓄才歷久彌甘；所謂「少吃多滋味，多吃壞肚皮」，農業社會匹夫匹婦都知曉的道理，用於今日就成了生活藝術。

西洋人婚後渡蜜月看似浪漫，有人卻認為此舉是造成怨偶的禍根。因為一對新人在這麼長的一段時間，除了遊玩，便是情慾的無盡發洩，等渡完蜜月回來，互相吸引的異性魅力已消失殆盡，又如何不導致婚姻關係的提早結束？還不如我們三日入廚下的古風，讓小兩口之間總有幾縷「意猶未盡」的裊裊情絲在糾纏，自然恩恩愛愛生生世世了。雖然今人已不能欣賞古人舉案齊眉、相敬如賓的婚姻生活，但也不應該一口咬定：「夫妻一體，如此客氣還有什麼意思！」須知人與人之間的距離，空間與心理常成反比，所謂君子之道淡而不厭，只是一般人由於嗜慾深、天機淺而無緣體味罷了。黎巴嫩詩人紀伯侖（Gibran）對婚姻的看法，或許可在此作個註腳。在《先知》中他寫道：

你們倆在一起，讓出些空間吧，

天堂的風將舞踊其間。

電影電視作為大眾娛樂正大行其道，無人不看。有一位朋友卻只聽廣播劇而不看電視劇，只讀小說而不看電影。問他緣由，他說：「沒意思，一覽無遺，什麼都呈現出來！還不如廣播劇和小說，只提供語言文字，影像則存在你自己腦海中。你可以把女主角想像成你憧憬中的美——如果她被描述成『美』的話，又何必被限定成林青霞或者費雯麗呢？」這種論調有多少人認同且不管，卻也說明了高級的美感經驗是需要距離、需要「隔」的；適當的距離與隔，造成想像活動的自由奔放，也滿足了人們潛在的創造慾望。

把電影當藝術看的人，不會喜歡那些不加思索便瞭然的片子，一則因它不耐咀嚼，再者也因自己的鑑賞能力被輕估而感到不快。洋片《午夜情挑》中，女主角蒙冤被判死刑，臨槍決時，她什麼遺言也不留下，望了望那準備帶她出去受死的法警，淡漠漠地問：「天氣是不是很好？我喜歡出太陽的日子！」到了法場，鏡頭被整個拉開，我們遠遠看到有神父手捧《聖經》對著她作臨終懺悔儀式。禱完後，這位即將冤死的女人拒絕矇眼的慣例，兀自張眼睇視著天邊，而這邊槍已舉起……這一幕頗耐人尋味，觀賞如果不深入，便會如同翻看諸葛四郎漫畫般地掠影而過，哪會曲折地想到：盼望太陽是盼望正義，拒絕矇眼恰意味死不瞑目，而無罪懺悔正是一大諷刺。這種藉著具體細節反映抽象情思的技法，使人在峰迴路轉、柳暗花明之中，忽然神會忽然心悸，最終止於感動；雖是電影，無異於詩。

由此可知，善用比興手法可以美化畫面，深化內容。壁爐旺火的特寫，可以替代床笫間的歡愛；那些裸裎相對的床戲，寫實固然寫實，但誠如朱光潛《談美》之所言：「藝術本來是彌補人生和自然缺陷的。如果藝術的最高目的僅在妙肖人生和自然，我們既有人生和自然了，又何取乎藝術呢？」

文學作品更是如此。不宜一語道破的地方，就留給讀者以想像力自行創造，才有風情韻致，好比張僧繇畫龍而不點睛，一點便破壁飛去，空餘粉牆一堵了。古典小說《肉蒲團》未曾在食色性也有絲毫保留，縱然改名叫做「覺後禪」也避不開誨淫的惡名。《金瓶梅》文學地位高，但不表示技法就高，像葡萄架下那一幕淫戲，到頭來也只滿足讀者的偷窺慾而已。至於司馬相如的〈美人賦〉：

於是寢具既設……女乃弛其上服，表其褻衣，皓體呈露，弱骨丰肌，時來親臣，柔滑如脂……

雖然使用的是決絕語，而非寄興詞，但終是點到為止。劉大杰《中國文學發展史》認定它寫的是「一個色情狂的女子」，屬色情文學，持論未免太苛、太道學。比這含蓄的有秦觀的〈滿庭芳〉：

銷魂當此際，香囊暗解，羅帶輕分。

卻又不如《詩經》的曲折化：

維士與女，伊其相謔，贈之以芍藥。

以及《西廂記》的象徵化：

花心輕折，露滴牡丹開。

臺灣當代詞人李臨秋的〈一顆紅蛋〉，寫婦人婚後始知丈夫不能人道，有句云：

含蕊牡丹無露水。

正脫胎於此；傳唱大街小巷而人不以為淫，即是拜象徵之賜。然而象徵畢竟仍留有「徵體」作描寫對象，最高境界的含蓄應是不著一字，盡得風流。譬如法國詩人魯易 (Pierre Louys) 散文詩中的一段：

天晚了，那隨著夜色出現的青蛙唱起歌來了。我母親永不會相信我逗留那麼久，是為了找尋那失去的腰帶。

少女夜會情郎，為什麼分手時要找腰帶？當然有它「言無言」之妙。

凡此訴諸讀者想像的手法，正是詩家本色，所謂「寫情宜隔，寫景宜不隔」是也。情色如此，情愛亦然。柳永「衣帶漸寬終不悔，為伊消得人憔悴」固然情意飽滿，但一般認為不如李清照「新來瘦，非干病酒，不是悲秋」能夠曲盡吞吐之妙。關鍵也就在於隔與不隔，含蓄與不含蓄而已。

不只詩重含蓄，散文也常以溫柔敦厚為尚，該隱藏時仍須隱藏。南宋晏敦復（詞人晏幾道之孫）替人作墓誌銘，提到碑傳主未出版的文集時，有人建議在「文集」下面添加「不行於世」四字，晏敦復接受意見而變更措詞：「藏於家。」晉人樂廣品評當代人物，只挑對方的長處講，短處盡在不言之中。此中奧妙只有傳統繪畫的留白差堪彷彿。

戰國時代魏文侯好大喜功，有一天他垂問群臣，自己是什麼樣的君主。文武百官都奉承大王是天下仁君，只有鯁直的翟黃說他不是仁君；因為他打下中山國，不封弟弟，反先封兒子。文侯聽了大怒，把他給撵出殿外。接著問到任座，任座也說大王是仁君，不過理由有別於群臣：「臣座聽得人家說，國君能仁，臣子一定能直；剛才翟黃表現得這麼直，臣憑此推知大王確是仁君啊！」文侯暗自稱善之餘，立即把翟黃召進來拜為上卿。結局儘管圓滿，終究是任座的拐彎抹角成全了翟黃的直來直往。

「美酒飲教微醉後，好花看到半開時。」有事不做絕，有話不說盡；對人不妨讓開一步，對己不求完美，長留有餘在人間，此生無憾了。

一九七八年六月

後記：

當年文章發表後，友人財貴兄讀之心喜，謬賞有加。某日，邊看他揮毫練字邊與之閒聊，聊著聊著，財貴兄突憶及此文，便背出他喜愛的〈半半歌〉，就著練字用的毛邊紙寫錄下來，還落了款送與我。興到之筆，卻也是興到之舉，頗得當年王徽之興來興返的風致。此事值得珍藏在心底，此墨寶則一開始就被我夾藏在〈好花看到半開時〉的剪報裡。年前為編輯此書而打開，似覺墨香幾縷猶未散去。

〈半半歌〉是明末清初士人李模（號密庵）退隱後的寄興之作。詩中「酒飲半酣正好，花開半時偏妍」顯然胎脫自宋儒邵雍〈安樂窩中吟〉：「美酒飲教微醉後，好花開到半開時。」不然，至少此心此理，古今一同。

林語堂極其讚賞李密庵的「半半哲學」，認為這是一種半儒半道的人生觀，最近人情也最符合中庸之道。財貴兄則認為〈半半歌〉所言無非含蓄的藝術，正可與拙文相印證。茲附錄於此，以饗讀者：

看破浮生過半，半之受用無邊；
半中歲月盡悠閒，半裡乾坤寬展。
半郭半鄉村舍，半山半水田園；
半耕半讀半經廛，半士半民姻眷。
半雅半粗器具，半華半實庭軒；
衾裳半素半輕鮮，餚饌半豐半儉。
僮僕半能半拙，妻兒半樸半賢；
心情半佛半神仙，姓字半藏半顯。
一半還諸天地，讓將一半人間；
半思後代與滄田，半想閻羅怎見。
酒飲半酣正好，花開半時偏妍；
帆張半扇免翻顛，馬放半韁穩便。

半少卻饒滋味，半多反厭糾纏；
百年苦樂半相參，會佔便宜只半。
（經廛：開店；經商。半士半民姻眷：兒女親家中有官宦士族，也有平民百姓。庭軒：泛指居家環境。姓字：借指名聲。半思後代與滄田二句：意謂既要為子孫謀幸福，也應為自己求心安。）

二〇一三年二月

人生道上

柵欄已經放下，鈴鐺響個不停，「危險，請勿穿越」的訊號透過視覺、聽覺快速散佈在平交道兩側。有人兀自視若無睹、聽若罔聞，一個、兩個、三個，相繼穿過去了。

百年並不短，人生道上有必要如此行色匆匆嗎？

剛投身職場的那些年，我也曾是個急性子，凡事不耐久候。後來，被胃潰瘍這種心因性疾病及時發出警告，這才放慢我的生活步調。「除了捉跳蚤外，凡事莫著急。」我經常這樣提醒自己。到了平交道，要我停，我就停，停下來歇歇腿；要我看，我就看，看天邊絢爛的霞彩，看周遭行路人多樣的面孔與神情；要我聽，我就聽，聽列車滾過軌道由遠而近的轟轟然，聽夕陽墜落的聲音。然後火車過去了，我就可以繼續我的漫步，漫步在人生道上。

即使不是過平交道等火車，我也喜歡停、看、聽；在倏然自得的停看聽之中，享受我的悲歡人生，我不想再來一次胃潰瘍。

監考最無聊了，有些老師寧願喊一節課也不願監考，我呢無可無不可，上課固然可以適時停看聽學生的反應，監考既是已經停下來了，更何妨多聽聽看看。這世界原是多彩多姿，耳得之以為聲，目遇之而成色，聲色之娛隨處可得，不必非進畫廊、音樂廳不可。考場上，四周的靜謐，可諦聽；春蠶食葉般的筆觸試卷聲，也相當悅耳。至於可看的更多了，看考生俯而答，仰而思，思而弗得則旋筆，很有意思；看他們伺機作弊的鬼祟模樣，十分逗趣。要不然，看看陽光斜照下，他們額頭上顆顆晶瑩的汗珠；看看空中懸浮的游絲，再想想人生的種種，一堂監考下來，也是滿充實的。

朱光潛說神創造這個宇宙出來，全是為著自己要創造、要欣賞。他有〈慢慢走，欣賞啊〉一文倡導人生的藝術化，文中提到阿爾卑斯山谷中有一條汽車路，沿途盡是美景，路旁標語牌寫著「慢慢走，欣賞啊」以提醒開車入谷的遊人。朱光潛對此頗有感觸，認為人生於世恰如開車行經阿爾卑斯山谷；而許多人都匆匆忙忙急馳而過，無暇流連光景，終致「豐富華麗的世界成為一個了無生趣的囚牢」。可不是？人生途上慢慢走，固然已愜意，偶爾停車坐愛楓林晚，靜觀自得一番，就更詩情畫意了。

工作時工作，遊戲時遊戲，時間上我們固然可以如此截然劃分，態度上則不妨渾沌優游，遊戲人間不見得做起事來就缺乏效率。現代人就是太講究功利性的、數據上的效率，事事跟自己斤斤計較，弄得一天到晚神經緊張。店員售貨只對有購買意願的陪笑臉，一旦交易不成，整個臉馬上沉了下來；學生讀書只挑要考的讀，不幸讀過的沒考出來，就認為白讀了；遊客上山賞花，不巧花兒已謝，頓時一切山光雲影盡成礙眼。

處理人生到此地步，太勞神了。誠如朱光潛談美常提及的，藝術化的理想人生，應該於有所為之中求無所為而為。人值得我們對他笑的，不必非我們的顧客不可；書值得我們讀的，不是只有老師要考的部分；山景可觀的，豈只一時一季的花木？真正懂得欣賞人生、欣賞景物的人，隨時隨地都可停下來看看聽聽，何必一定要趁假日、趕花季，尋大家公認的風景區及風景線？有時間性、有固定對象的欣賞，反成為一種束縛，任何事物再美好也賞心悅目不起來了。

不識字的惠能當年聽人誦《金剛經》，至「應無所住而生其心」，當下即悟。這確是一句好話，活著的人都受用。人生道上得駐足且駐足，得遊目騁懷且遊目騁懷，興之所至地停看聽：明月松間照，清泉石上流，很美；朔氣傳金柝，寒光照鐵衣，一樣入詩入畫。

一九八三年八月

遊戲人間

人的一生，差不多是這樣子的：還小的時候希望快快長大，常常等不及就要端起「小大人」的架勢；果真長大了，卻開始怕老；等又衰又老了，一心只想返老還童，成了某些人心目中的「老小」、「老天真」。我們人類一輩子都在玩這種弔詭遊戲，對手是光陰。

在這場與光陰相徵逐的遊戲裡面，出現了三種道具：一是年齡，二是容貌，三是心境。其中年齡操縱在光陰手裡，心境則可由吾人左右；至於容貌，泰半在無情光陰的主宰之中，人類所能掌握的只是一小部分而已。於是當人人都希望青春長駐（不老又不小）的當兒，這場遊戲由於使用道具的不同，便有了四種不同玩法。

第一種玩法：放棄任何道具的使用，赤手與光陰對搏，落得速老速死的下場。看起來很悲壯，卻最不智，縱慾主義者「以有涯逐無涯，殆矣」是最佳寫照。可以稱為「夸父逐日」式的玩法。

第二種玩法：千方百計想攫取年齡作道具，無奈年齡已經叫光陰整個控制住了，不得已只好從虛空中抓一個不屬自己的年齡來自欺欺人。凡女人在年齡上將多報少，企圖藉虛假數字遮蓋那已然褪色的紅顏，以及古時候神仙家將少報多，騙得世人一時的長生不老，都屬此類。這是很無奈的一種玩法，也還是免不了笨，可以算是「精衛填海」式的——填的是難平的恨海。

第三種玩法：拿容貌作道具，意欲與光陰在勢不均力不敵中拔河，不知人類所能抓住的只是容貌之索的一小段末端而已，主控權永遠都在光陰手裡。古時候的導引辟穀之術、服五石散、吃砒霜，現代人的打玻尿酸、換膚、拉皮，以及古今一切美容、駐顏術，玩的都是這種遊戲。這在智者看來，既自戀又自虐，可以名之曰「愚公移山」式的玩法。

最後一種玩法：以心境為道具，先接受年齡、容貌非我所能左右的事實，然後牢牢把握住唯一操之在己的心境，由此來間接把握韶華。張潮「少年人須有老成之識見，老成人須有少年之襟懷」，張群「人生七十方開始，八十猶在搖籃裡」，皆箇中翹楚。這種玩法男人最擅長，相對地也是四種玩法中較高明的一種，於消極中求積極，堪稱「女媧補天」式的玩法。

以上四種玩法，夸父逐日式、精衛填海式、愚公移山式、女媧補天式，無論你怎麼玩，多會玩，贏的總是光陰，人類永遠是輸家。那些藉心境常駐青春的，又有幾人不屬於「老去悲秋強自寬」的自我慰藉？當然，就如同下棋一樣，還有一種不贏也不會輸的玩法，就是《菜根譚》指出的：

世事如棋局，不著的才是高手。

一九八四年四月

插翅難飛

自由自在像鳥一樣翱翔於天際，是人類極其古老的願望。大概從第一次看到飛鳥便已萌生這個念頭，大家都想飛，都認為只消插上兩片側翼，上下擺動便可以如願。結果試了幾千百個世代，到如今人類依然插翅難飛。這是人類永世的情結，至今糾纏無解。

小孩子向雙親所求未遂，抱怨之餘就想：等將來我當上父母，經濟大權在握了，一定要儘量滿足子女的需要。果真為人父母了，才發覺除了子女外，還得應付各方面的諸多需求，才能維持這個家；而此時的子女，就如同當年自己之不諒解父母般地不諒解他，他於是變得跟他父母一樣，成了子女怨懟的對象。然後他老了，他的子女取代他的尷尬角色。

人們往往只看到翅膀飛，而不知其所以飛。

有一位初學寫作者收到了退稿，不敢有怨言，但希望身為文壇先進的主編能本著提攜後進的心，在退稿裡附幾句慰勉的話。另有資深作家在慘遭退稿後，發覺編者沒有說明任何理由，不禁破口大罵。等到後來他們雙雙有幸主持編務，才發覺如果退稿都要如當初他們所希望的附帶親筆函，竟是其他事情什麼也不能做。原先以為舉手之勞的，易地而處則成了巨大工程。

站在地面上看鳥飛，總以為輕而易舉，等親自試了，才知插翅也難飛。

這個社會有太多「站在地上看鳥飛」的人與事：學生抱怨老師缺乏愛心，老師責怪學生不用心；乘客指車掌晚娘面孔，車掌笑乘客如難民；伙計批評老闆刻薄，老闆責備員工辦事不力；公民斥責公務員不便民，公務員自認倒楣碰上刁民；老子氣兒子不聽話，兒子總覺得老子不瞭解他……

一旦雙方角色反轉，他們才憬悟到：即令自己當了全能的上帝，也會有被詛咒的時候。

人生多艱，凡事要做得美滿，是需要各方面條件充分配合的。別人做時，我們總是對此視而不見；等自己做了，才知條件竟是如此難以把握齊全。我們責備別人往往流於理想，要求自己才顧慮到現實；要是能冷靜審視理想與現實的差距，就會發現我們在責人之時，多麼缺乏站在對方立場想的「同理心」。

鳥兒之所以能飛，實不如我們所想像的，只是插上一雙翅膀而已。

可不是？只有來自天堂的天使才會有翅膀，地上的人應知所謙卑，在謙卑中將心比心。「躬自厚而薄責於人，則遠怨。」這雖是一句老話，卻值得我們三思。尤其要多從「遠怨」這個果上去發想，才知厚責薄責的因，應如何種下。

一九八二年十一月

鷓鴣你到底說些什麼

有一種鳥像雉又像鴿，珍珠點胸，赤浪纏身，人們管牠叫「鷓鴣」。世世代代，慣常以低緩帶哀愁的禽音啼向人間，不知撼動多少心絃：「江晚正愁予，山深聞鷓鴣」、「夢鄉遷客輾轉臥，抱兒寡婦徬徨立」、「畫中曾見曲中聞，不是傷情即斷魂」、「遊子乍聞征袖溼，佳人才唱翠眉低」……

就這樣聲聲苦苦，苦苦聲聲，鷓鴣不但在人們口頭上啼出牠的鳥名，也在人們心中啼出牠的鳥意。但這個意，在每個時代、每個地區，甚至每個人領略出來的都不盡相同。我們打開古書一看，最普遍的當然是「行不得也哥哥」了；此外，還有下列各種不同的擬音：「鷓鴣（這就是所謂其鳴自呼）」、「杜薄州」、「鉤輈格磔」、「懊惱澤家」、「但南不北」。就中除了「鷓鴣」是因其名還其聲，「鉤輈格磔」是純粹擬音之外，其他都是有意義的，有的只是顯示禽德，有的還附會成故事。最近讀到司馬中原的〈火鷓鴣鳥〉，更知道他們故鄉那邊的擬音是一聲遞一聲的「七——姑——姑，苦……七——姑——姑，苦……」在這種被意義化的聲情裡面，藏有人鳥之間的恩怨情仇，烘染得鷓鴣啼聲倍增淒美動人。

一樣聲音，到了人們心中居然產生多重意義。鷓鴣鷓鴣，你到底說了些什麼？遺憾我生不在江南，無法親聆你的細訴。我也曾嘗試到此間的動物園，要聽聽你那可能失真的籠中之音，園裡的人卻說：「鵪鶉都沒有，哪來鷓鴣？」沒想到並此心願也不可償，我當然有點懊惱。事後靜心一想，覺得還是不聽為好。畢竟我也是人，無法免除感情的自我投射，也無法擺脫自己語言系統的牽絆，又如何能真正瞭解你的禽言禽語呢？反不如存在想像中以心傳心來得好。因此倒想勸你別太在乎人類自以為是的揣想，且聽我說幾個人間小故事，你便瞭然了。

先說你所熟悉的中國吧。有一位北方人到江南去玩，住旅店時，茶房問他要什麼，他說「開水」，茶房不動，再說一遍，茶房還是愣在那裡。北方人於是罵了一聲：「該死！」茶房恍然大悟地說「懂了，懂了」，飛也似跑去把開水送了上來。北方人就想：「這個茶房真下賤，一定要罵他，才替你做事！」

最近為了一篇有關韓愈的翻案文章，臺灣知識界對「風流」一詞有了歧見。一方把「風流」當作是「儒雅瀟灑」的同義詞，另一方卻拿它看作「梅毒花柳」般的齷齪，因而大打筆墨官司哩。（你咄咄稱奇，我也大為不解。這些人都很讀了一些書，知道刻舟不能求劍、膠柱不能鼓瑟，為什麼偏偏不肯承認詞義變遷的事實呢。）

接著再告訴你一個洋故事。某一英國佬死了，留下的遺囑寫著：「所有財產全給媽。」母親依囑前來繼承遺產，妻子提出異議：「死者平日在家都叫我『媽媽』，因此『全給媽』的意思就是全給我！」雙方鬧上法庭後，由妻子贏得了這筆遺產。因為審案法官正是在家裡管妻子叫「媽」的人。

所以我說鷓鴣啊，既然人類對「人言」都誤解叢生——常嘆「知言難」——又何能奢望他們瞭解「禽言」呢？不過，儘管你的話不能使人產生相同的語意反應，而情緒反應則是一致的：總是傾向於哀怨愁苦的一面（除了開頭所舉的一般詠物詩以外，另有大量的「禽言詩」為證）。

如此的瞭解儘夠了。語意學家說人與人之間存在七種不同層次的「懂」，而情的感應正是其中一種。須知世上有不少人連這點感應也蕩然不存了，大家競相「以己之心，度人之腹」，稱讚被誤會成說反話，體己語被當作風涼話，都是常有的遭遇。在人類訊息的交通網絡中，鷓鴣啊，如你所說「行不得也哥哥」的苦楚，又有幾人沒嘗過？也許有這麼一天，人類心胸大開，溝通無障礙，到那時就不會不知道你到底說些什麼了。

一九七八年四月

所謂隱者

歷史上頗有一種人，高尚其志，不事王侯，入乎山林而居於巖穴之中；遠離人群，卻離不了訊息的傳播系統，甚至不隱不出名，越隱越知名，名垂千古。君不見歷代史冊中諸如「高士傳」、「隱逸傳」、「逸民傳」等園地，正是他們聲名的棲身與蕃衍之所。既是隱者，又是名人，多麼不協調的角色扮演，恰足以說明聲名的弔詭。

李白有詩：「古來聖賢皆寂寞，唯有飲者留其名。」不知李白是存心揶揄聖賢，抑或有意藉「飲者」的諧音雙關來影射「隱者」？無論如何，史上確有什麼事都沒做的隱者之流，其名望勝過致力於聖賢事業的人，例如唐堯時的許由、東漢初年的嚴光以及五代末年的陳摶等「高士」。

《後漢書‧逸民列傳》：「逃名而名我隨，避名而名我追。」隱者之所以欲隱反顯，一方面是他們不慕榮利、枕石漱流的高蹈行為，替自己塑造了令人仰望的清高形象；一方面他們的離群索居又帶幾分神祕感，「名可得而聞，身難得而見」，常因此而引發人們「尋隱者」的想望。

於是問題來了，有那不為隱遁而隱遁的有心人，就尋隙抓住此一契機，替自己開闢一條藉隱成名的終南捷徑。這些假隱者最怕弄假成真，被世人遺忘，往往有意無意間暴露一己的行藏，讓隱居成為一種公開的祕密。「莫買沃洲山，時人已知處。」這話只有真隱士聽得進去，假隱士求之不得的正是「時人知」。當年嚴光歸隱富春時「五月披裘，垂釣澤中」的反常舉止——夏著冬衣——正是為了引來注意，好讓「尋隱者」有線索可追。有詩為證：「一著羊裘便有心，虛名浪說到如今。當年若著漁簑去，煙水茫茫何處尋？」早他千年的姜子牙隱居磻溪時，釣魚用直鉤，既不掛餌又懸空於水面，也無非引人注意。不同之處在於：姜子牙只想引起來此打獵的周文王注意，而嚴光無特定對象；姜子牙志在出山用世，而嚴光不過沽名「釣譽」而已。

當然，這種誅心之論，任誰也不敢保證不會構成對嚴高士的誣衊。問題就出在這裡，隱君子的原始動機既難以窺知，後人就無法從入傳的隱士中分出真假。應付之道，只有釜底抽薪一途：後人替前人修史立傳，不妨仍保留「隱逸列傳」這個傳目，至於一切傳主的姓名與事蹟則付諸闕如；也就是在史冊上留下空白頁，暗示這些人隱姓埋名，已經不知所終。如此既契合真隱士的本衷，又可徹底封殺假隱士，兩全其美。

一九八一年七月

後記：

最近看了英國人攝製的翁山蘇姬記錄片，片中提到軍政府高壓統治時期的緬甸，竟然稱之為「隱士國家 (hermit state)」。又有國外旅遊節目甚至把這樣的稱號送給地球上最封閉、最不自由、最不民主的國家——北韓。足見隱士在西洋文化中的形象，偏於孤僻不合群、神祕不可知；在中國則被視為清高不俗、獨立不群的典型，整體形象始終是正面的。

儒家對隱士原本持批判態度，孔子就曾指責他們「欲潔其身而亂大倫」。後來由於歷史的陰錯陽差，發展出前所未有的專制政治環境，使得真儒有志難伸，得志的盡屬甘為鷹犬的俗儒、陋儒、腐儒、賤儒乃至偽儒；相較之下，採消極抵抗而不與統治者合作的隱士，其形象就顯得特別偉岸。司馬遷在《史記》中極力推崇「不食周粟」的伯夷、叔齊，無疑是藉著隱士的可敬可愛，從旁烘托出統治者的可惡可鄙，因為他正是皇權高壓統治下的受害者——只因說了皇帝不愛聽的話，便被宮刑去勢——而他正是以儒者自命的人。

隱士既然是專制文化的產物，則民主時代也就是失去隱士的時代了。對撰史者而言，這毋寧是好現象。至少章嶔《中華通史》論及「隱逸列傳」所指出的「其名隱而不隱，其事逸而不逸，於是歷史上遂多一閒人之位置」，這樣的「歷史閒人」是不會再有了。

二〇一三年三月

癮君子的告白

其一 自欺又欺人

有一年，大學聯招考場出現了破天荒的一幕，一名考生寫「命題作文」時點燃香菸，想一面吞雲吐霧一面構思下筆。在監考人員干涉下，菸當然抽不成，只是不知他是否就此才枯思竭，再也湊不成篇章？我也愛邊寫稿邊抽菸，對那名考生的行徑卻生不出同情，畢竟在那種場合，無論如何是不會想到要借助人造雲煙尋找靈感的。

本來我是不抽菸的，一般人最容易染上菸癮的服兵役階段，我都僥倖逃過了，萬沒想到後來竟在一個最不具學菸誘因的地方——自家書房，我學會了抽菸。那一陣子常熬夜寫作，靈感不來時，喜歡抓起一樣小東西隨手把弄，通常是一枝筆型橡皮擦，或者一方紙鎮。很下意識也很無聊的一種動作，情況大概跟學生在課堂上或考場裡沒事轉筆差不多。本來這樣也很好，千不該萬不該有人錯送了我一條菸，又恰好擺在書房視線所及的地方，當時也不知怎麼搞的，鬼使神差般竟動了「含一含」的念頭，這一含就此含上了癮。

寫稿的人愛熬夜，有人就說抽菸有助於提神醒腦；也有人說一菸在手，吞吐之際可以使「氤思披里純（靈感）」源源而出。但根據幾次自我分析的結果，真相應是：寫作是一種孤軍奮鬥的工作，在靜夜裡關起房門寫作尤其如此；一旦靈感不來，不啻於孤獨之中平添幾許無助，此時只好依附一些具體可感的東西，一方面藉以穩定軍心，一方面使自己在寫不出東西來時「有事可做」；久而久之養成習慣，竟然誤認那就是靈感的來源，彷彿香菸裡除了尼古丁以外，還含有什麼靈感因似的。這其實是人類諸多自欺欺人行為中的一種。有人不抽菸，只喝茶喝咖啡，照樣文思泉湧，佳作不斷。可見一切純屬個人寫作習慣問題，麻煩的是這個習慣會轉入生活，使你不寫作時也會想抽菸。總之它使你上癮啦。

我也知道抽菸不是好習慣，想戒就是戒不了。有好心人便建議說：既然抽菸只是使你在寫不出東西時有事可做，那你不妨只做假動作，就是只拈菸、含菸而不點菸；一定要點也可以，但不要吸。我試了，卻只能做到不吸入肺裡，在口腔裡打個轉便噴吐而出，半真不假，畢竟還是癮。現在連二手菸都有人怕了，這種淺吸法於人於己到底還是有害；而且仔細考較起來，更覺自欺欺人。

兒子出世後，我儘量避免在他面前抽菸。沒想到他學會講話後的某個晚上，全家坐看電視，他一個人在那裡東弄弄西玩玩，竟從抽屜裡摸出香菸和打火機，送到我跟前，「ㄅㄚˇ ㄅㄚˊ抽菸，ㄅㄚˇ ㄅㄚˊ抽菸」地叫個不停。我接過來趕緊塞入口袋，小傢伙竟哭將起來：「ㄅㄚˇ ㄅㄚˊ抽菸啦，ㄅㄚˇ ㄅㄚˊ抽菸啦……」我察覺事態嚴重，一面哄他一面心想：是該認真考慮戒菸了。

結果兒子此舉唯一改變我的，是從此把菸束諸高閣，擺在我拿得到而他搆不著的地方。相安無事一陣子後，畢竟又鬆懈了下來。有一天下班後將一條菸隨手一擱，被兒子整個拿來拆開，一包包用原子筆在正反面戳成無數個小洞，像蜂巢一般——兩歲多的兒子，本就有拿筆到處亂畫亂戳的習慣——我打開一看，裡面的菸枝傷痕纍纍，雖有幾枝倖免於難，也一併被我棄之垃圾桶。為的是我對兒子的行為做了這樣的解釋：他故意把菸戳得讓我抽不成，以抗議我一面說戒菸，一面還抽菸。

我於是藉此刺激，又戒了一次菸，結果又失敗了。

最近，有一群熱心人士公開爭取拒抽二手菸的權利，名之曰「嫌菸運動」，嫌菸其實是嫌人，嫌抽菸的人。從報紙上讀到這則報導，頗沉吟了好一會。碰巧這些日子不知怎麼搞的，喉嚨經常發癢，有時一癢就想咳；也許是課上多了，也或許如家裡人所指責的：「菸抽太多啦！」無論如何，那跟你生活在一起的人也開始嫌菸了，我於是對自己說：「戒掉吧！寧可不要寫稿，也不要做一個惹人嫌的人。」

我真的很想戒菸，但就如同一個流傳於菸槍中的笑話：「戒菸？那有什麼了不起，我已戒了不下十餘次了！」而更難以自圓其說的，今天這篇遵主編之囑在報上大談戒菸的文章，竟是完成於一根接一根的「氤思披里純」之中。我覺得自己此刻真像一個不回家吃晚飯的父親，正趕著去參加一場叫做「爸爸回家吃晚飯」的座談會。

總之，自欺又欺人。

其二　所以我贊成立法

早期的初級中學國文課本，選錄了一篇觀賞球賽的文章。女作者寫她有一次被朋友帶去看夜間球賽，賽程中突然燈火全熄，停電了，整個球場頓時陷入一片漆黑。在等待燈火復明的當兒，癮君子紛紛點燃香菸吞雲吐霧起來，於是看臺四周就被他們一吞一吐、一明一暗的吸菸動作，製造出類似星空倒置的奇妙景觀。不抽菸的作者寫到這裡，情不自禁就對抽菸者歡喜讚嘆了起來，說那些勸人戒菸的，是因為他們沒機會看到今晚這詩情畫意的一幕。

這篇並不以吸菸為主題的課文，如在今日，拒菸聯盟一定群起而攻之，認為不無鼓勵公眾場所吸菸之嫌（連朱自清的〈背影〉都有人反對，說他爸爸過鐵道不走天橋，違反了交通規則）。

站在教育的立場，吸菸雖然不犯法，但由於「吸菸過量，有礙健康」（國產菸盒上的警語如此），總是不值得鼓勵的。所以衛生署長施純仁才向全國小學教師提出戒菸的要求，最近臺北市教育局又把這個要求擴及中學教師，希望至少能做到不在學生面前抽菸。到目前為止，只剩大學教師沒有被要求。不知道是出於對教授的尊崇，還是因為大學生已經成年，可以抽菸了，不必多費這個心？實則全國各級學校教師菸抽得最兇的，非大學教授莫屬，他們不只在教師休息室抽，有的還一面講課一面抽，幾乎已經習慣成自然了。在臺北市一所大學待了四年，我就碰到好幾位這樣子的教授。

我說這是他們的一種講課習慣，是因為我發覺一面講課一面抽菸的教授，並沒有幾個真正在抽。

通常把菸點燃後，順勢隨口吸一下，然後就一直夾在手指間，難得見他再抽上一口。因為抽菸要用嘴，講課也要用嘴，而教授講課總是滔滔不絕，此時如果停下來抽菸，難免不會阻斷思路。在這種情況之下，只有碰到學生問問題的空檔，才會偶爾抽上那麼一口；而眾所皆知，臺灣的大學生聽課是很少發問的。有一位老教授更奇特，每次講課講到興起就摸口袋，整包菸掏出來往講桌一擱，又繼續講下去。有時看他終於從菸盒抽出一根菸來，火柴盒也握在另一手，以為他要點菸了，沒想到他兀自口沫橫飛講個不停，最後，左手中的火柴盒不知不覺放了回去，右手仍夾住那根長長白白的未燃菸，遠看好像夾著一根粉筆。當時不吸菸的我，對教授此一異常行為所能想到的合理解釋，是很少寫黑板的他不喜歡拿粉筆，只好夾一根菸，聊作補償。

當然也有少數教授真正做到邊講課邊抽菸的，其中一位菸癮奇大，每堂課都要抽掉兩三根。有一次明明喉嚨不舒服，還一面咳一面抽，一面抽一面對學生說：「咳嗽沒關係，菸不能不抽。」這裡有一個值得注意的現象，課堂上抽菸的教授——無論男女——通常課都講得很好，有些甚至於叫座到要提早佔位子，而且是搶最前排去接受他雙重的「薰陶」。那年代大家都沒什麼「二手菸」的觀念，也不覺得教授上課抽菸有何不妥，現在想想，倒覺得有一位教授的做法難能而可貴。他菸癮也不小，但頗能自制，總是利用下課時間，走到兩排教室之間的椰子樹下，一面沉思一面抽菸。問他為什麼不回教師休息室坐著享受，他說：「太遠了，這裡方便，鈴響馬上可以進教室。」

無論如何，大學教師在學生面前抽菸，已習以為常，也沒有哪個不抽菸的學生因此跟著教授學抽菸的，至於中小學生，就比較可能模仿老師的一切行為，包括抽菸在內。不過根據調查，中小學生學會抽菸的場所通常不在學校，而是在家庭與社會。這是由於中小學教師以女性居多，而男教師不會像大學教授那樣在學生面前示範抽菸；再者，校規抽菸記過的處分，多少也產生嚇阻作用。調查中更進一步指出影響青少年去嘗試抽菸的，以父母或同儕團體為主。

不管在哪裡學會的，當越來越多的大人紛紛戒菸時，也有越來越多不怕死的初生之犢繼起抽菸，使得抽菸人口的年齡層不斷往下延伸，這倒是值得正視的教育問題。

由於抽菸是大人的特權之一，青少年學抽菸常就是學做大人，藉著叼一根菸來向人暗示他長大成熟了，也難怪他們總喜歡把菸叼在嘴皮上，一副菸不離嘴、嘴不離菸的樣子，要人一眼就能看到他此刻就是大人。有些大人嫌厭青少年這種流里流氣的抽菸模樣，認為他們藉抽菸表示成熟，正反證他們的不成熟，就如同窮人藉著穿金戴銀裝闊一樣。不過這個道理通常不易被青少年接受，因為他們抽菸是為了博取同儕的認同，而不是大人。

可見青少年抽菸的問題，本質上應屬心理問題。既是心理問題，公賣局在菸盒上印出的區區警語是產生不了嚇阻作用的。豈止嚇阻不了青少年，對任何人只怕都起不了作用。且不提現在的「吸菸過量有礙健康」較諸以前的「為了您的健康，吸菸請勿過量」毫無進步；只論警語的邏輯吧，世上又有哪一種東西「過量」了，不會「有礙健康」？

菸害之為烈，透過戒菸運動結合大眾傳播的報導，近年已成全民共識。菸盒上有無警語，已無關緊要，值得注意的是抽菸者的心態問題。抽菸上癮的人，面對著不會立即帶來危害的香菸，常不存什麼戒心。你說抽菸有礙健康，癮君子從反面自有他的一套說詞：不抽菸，無由消除緊張、鬆弛神經，反倒有礙健康。你說抽菸是慢性自殺，語氣加重了，他又振振有詞地聲稱：生命本來就是逐步走向死亡的一種存在。連抽菸哲學都搬出來了。你急了，罵他：你自己不要命了，也不管別人死活啦，你沒聽過「二手菸」這個名詞嗎？你知道孫觀漢博士說過吸菸是一種自殺又殺人的行為嗎？這下子他可能會悻悻然回答：那我到沒有人的地方去抽，總可以吧！

對，我們等著就是這句話，就是要造成抽菸者不方便，只要不讓他們隨時隨地皆可抽菸，他們自然慢慢少抽，要戒就比較容易。前幾天我就聽一位菸齡三四十年的同事說他決心要把菸戒掉，原因是辦公室禁止抽菸，四處尋找可以抽菸的地方簡直是受罪。只要抽菸的大人越來越少，抽菸不再是成人的表徵了，想抽菸學做大人的青少年，也就會越來越少。再說，一旦大量限制抽菸場所，不只大人不方便，青少年更不方便，畢竟他們能聚集抽菸的場所本就有限，就讓整個社會來限制他們抽菸，一定會比單靠學校來教育他們不抽菸，來得有效。

至於如何限制？我贊成立法，最好規定只有特定場所才可以抽菸，就如同特定的地方才可以大小便一樣。因為我自己就是一個想戒菸而戒不掉的人。

一九八七年五月

後記：

立法後，在外抽菸太不方便，在家抽菸又深覺對不起家人，如此裡應外合的壓力下，終於讓我成功戒了菸。這些年來，甚至聞到菸味會覺噁心，就好比葷食者吃素後，看到魚肉會反胃一樣。如此兩極的轉變，太不可思議，就我個人的生命體驗而言，堪稱「得未曾有」。

二〇一三年二月

純純的愛

傳說亞當與夏娃吃了那「能使人有智慧」的禁果，產生性別意識後，彼此之間始而好奇，繼而愛慕，終而兩情繾綣，遂致被逐出伊甸園而不惜。愛情構築出來的小天地，可以說是塵世間的伊甸園。構築這樣的天地，不只需要生理上的成熟，還要心理上的——也就是「使人有智慧」。弔詭的是心理越成熟，越發覺愛情不能當麵包吃，愛情並不如想像中可愛；只有身心處於半成熟狀態的青少年，才會陶醉在那一方浪漫小天地中。

此中一個主要關鍵，是因為青少年不必負擔家計，可以把愛情隔絕於現實生活之外，就像詩人或畫家把描繪的對象從真實世界抽離出來一樣。此時，一堵爬滿青苔的石牆，一個汗滴禾下土的老農，甚至於一場人人露出猙獰面目的戰爭，一堆雜亂不堪的工地廢棄物，都入得了詩上得了畫。

涉世未深的年輕人就這樣把愛情超脫昇華了，也美化了。叔本華說：「愛情是造化弄來騙人的東西。」針對的應是這樣子的少年情懷。但人總是要長大的，在長大中經由世事的涉入，思想愈趨成熟，也就不可能再為愛情所騙。昔日兩小無猜式「純純的愛」，此時細嚼起來，儘管免不了「蠢蠢的愛」的感覺，但也不失為憂患人生中聊堪補償的一種回味。那景況，就如同一個西方詩人為自己墓誌銘所題的自讚：

這個人，他活過，他愛過；他長眠於此，他可以無憾了。

愛情也像世間任何可以賦予價值的東西一樣，每個人有每個人的看法，不同人生階段又有不同的詮釋。少年十五二十時，難免對愛情有所執著；父母師長用大人的觀點看，難免認為幼稚可笑，比如像下面這一通中學生情書：

自從第一次遇見了妳，妳那深邃的眼神、優雅的氣質，以及全身散發一股可人的氣息，不禁深深迷惑了我。也從那一天開始，你美麗的臉龐與倩影，便不斷激盪在我腦海，揮也揮不去，只能在紙上一遍又一遍寫著妳的名字，和反覆回想初次見面時的情景。

思念，是我唯一能做的。每逢週三，能再次見到妳，心中無比歡愉。短短的一節課，對我來說僅如一剎那般；不願卻又不會延遲的下課鐘聲一旦響起，伴隨而來的是我依依不捨的眷戀，就希望能再多看你一眼。

並非第一次寫信給妳，只是一直沒敢寄出。今天沉重的壓力又齊集我身上，只好再提筆，並決定訴出我心深處所有積慮與情感於此。只盼望你能給我一點小小的感受，只要一點點你小小的答應，答應陪我看場電影，或者只是喝杯咖啡，都可以填滿我渴望妳憐憫的心靈。請別誤會我的心意，不是兒戲，也非要有什麼結果，只是單純地想要和妳單獨相處，一訴心中的愛慕。

這樣的情書，每一個曾經年少的大人，都寫過或想寫過，動機也的確很單純，「單純地想要和妳單獨相處，一訴心中的愛慕」，愛情就是愛情，如此而已。然而一旦為人父母了，從中往往看不到純愛情，而是愛情以外的甚至遙遠的結婚生子那一檔事，搞得全家大小緊張萬分，彷彿有亞當夏娃要被逐出家門了。

有些父母不那麼杞人憂天，但同樣反應過度：把子女談情說愛看成是升學選填志願般的大事，志願不可亂填，對象怎可亂選。有一個媽媽，由於女兒愛上一個聯考可能落榜的男同學，她勸阻不了，便找來醫學系的高材生當女兒的家教，企圖藉此化解那男同學對她女兒的吸引力。事情發展至此，你知道女兒怎麼形容母親，她說：「我媽媽好ㄙㄨˊㄥ（『俗』的臺語發音）！」ㄙㄨˊㄥ者，世俗也，現實也。世上的愛情，承載再多的祝福，終將踏上這一步的。女兒長大後回想起這段往事，會不會再笑媽媽ㄙㄨˊㄥ我不知道，但「此情可待成追憶，只是當時已惘然」的一番心境，想來是免不了的。

畢竟亞當與夏娃從伊甸園被逐出後，就背負上帝的詛咒，男的「必須汗流浹背才能混得一口飯吃」，女的「必須忍受生產的痛苦，聽丈夫的話」。這樣殘酷的現實世界，又有多少空間可容留那純純的愛情呢？

一九八八年二月

愛的故事

他和她走出旅館，迎著晨曦踏向對面的小街。伸過手來攏向她的腰，「昨晚睡得還好吧？」他問。「不好！」她瞄了他一眼，似乎撒嬌，又似乎鬥氣，「早說這個地方沒什麼好玩，你偏要來！連個像樣的旅館都沒有，睡那種老掉牙的彈簧床，整個晚上背磕得難過死了。算什麼蜜月旅行嘛！」

「對不起，寶貝，別生氣！我也知道這小鎮不是什麼遊覽勝地，我只是想順道來參拜那座全臺最古老的『六桂堂』。祖父說過的，我們方姓也是六桂之一呢。」

他一面陪笑，一面斜睇著她。淡彩碎花的緞質旗袍像一枝神來之筆，勾勒出她曲線玲瓏的身形，搭配著時裝模特兒特有的步韻；挽著她同行的那分自豪，恍如當年代表學院領取畢業證書走下紅氈鋪道的舞臺，臺前是一片黑壓壓的人群，響著令人心悸的掌聲。而那時的淑媛，正是鼓掌中的一位。噢，可懷念也可詛咒的畢業日，就是那一天使他失去淑媛。為了你的前途，我必須離開你。饒是噙著淚水，帶著悲腔，事實證明那只是美麗的飾言。畢業後不到一個月，有人在這個她出生的小鎮看她坐進流線型的銀灰色轎車；「替她開門的是一位很體面的年輕紳士。」他們這樣形容著。

迎面來了一位長髮女郎，像極了她，下意識緊了緊摟住身邊人的手。及至走近，才知是個陌生人，儘管掃興，但從對方目迎目送的歆羨眼光，他更加相信：我新婚的美妻是任何人見了都會驚豔的，而我們是道路上最引人注目的一對。

「六桂堂快到了嗎？」她問。嗯，快到了。口中漫應著，心裡頭不住地盤算：見了淑媛要如何與身邊人表現出親密的動作，以娛悅她那自慚形穢後的侷促。一輛靈車緩緩駛過，後頭跟著不滿十人的送葬行列。小鎮什麼都小，出殯也是如此小陣，天地都不驚似的，他想。

連轉三四個街角，一直碰不到她，莫非錯過了她上班時刻？雖然只來過一次，竹器店林立的一條街，當中夾著一家米店，印象一直很深刻，「祠堂應該是在這附近的……翠華，你在這裡等著，我過去那邊問問看。」

「噢，你是說民生糧行啊，廊下圍著白布幔的那家就是……你是來拈香？……不是，不是老闆夫婦，是他們家的二女兒淑媛……是癌症，大概大學畢業前後發現的……很可憐的，聽說她在大學裡原有要好的男朋友，知道她得了絕症便拋下她，連看都沒來看過她……」

極力抑住心頭的震撼，他奮步踱了回來。

「問到了沒？」

「我們回旅館準備離開罷，已經被拆掉改建戲院了。」

一九七九年十月

從五倫到八倫

有鑑於舊社會的倫理觀念不足以維持工商業時代的社會秩序，有識之士提出建立「第六倫」的呼籲，且為此一新人倫關係定名為「群己」。然而以今日社會結構之龐雜，生活條件之多變，而地球村隱然成形的時代，六倫實難以克竟全功，應再加上二倫：自我與天人，才算盡善盡美。

倫，所釐定的是有條理的關係，其所追求的境界無非是和諧：藉著「父子」倫，建立和諧的親子關係；藉著「君臣」倫，建立和諧的人民與政府關係（人民是君，政府是臣），以及和諧的長官部屬、主僱、勞資等關係；藉著「夫婦」倫，建立和諧的夫妻關係；藉著「長幼」倫，建立和諧的家族、親戚關係；藉著「朋友」倫，建立和諧的同儕、同學、同事、同志等關係；藉著「群己」倫，建立和諧的個人與社會、成員與團體、國民與國族、一己與全人類等關係。所有這些和諧關係所賴以建立的基礎，便是自我本身的和諧——所謂己欲立而立人，己欲達而達人。

自我的衝突不只是個人行為乖張的開始，也是破壞六倫關係的開始；發生在很多人身上的反社會行為，便是自我衝突未能獲得圓滿協調的結果。人類的自我有著極其複雜的人格結構，姑不論精神分析學家「原我 (Id)、自我 (Ego)、超我 (Superego)」一分為三的說法，純就二元觀點看，每個人的內在世界裡都存在著各種自我的兩兩對立：獸性之我對人性之我、欲望之我對節操之我、情緒之我對理智之我、物質之我對精神之我、現實之我對理想之我、個性之我對群性之我。面對如此複雜的自我內部對立，個人要做的不是抑彼揚此，而是和此諧彼，以達到一種「喜怒哀樂之未發謂之中，發而皆中節謂之和」的理想狀態。

《史記・禮書》：「子夏，〔夫子〕門人之高弟也，猶云『出見盛麗而悅，入聞夫子之道而樂；二者心戰，未能自決』。」修養如子夏者也免不了自我衝突，一般人更不消說了。尤其是在現代這種生存競爭激烈而又聲色犬馬誘因充斥的工商業社會，價值觀、生活環境變幻無常，焦慮感、疏離感、虛無感漸成了時代病徵，有人甚至一直調整不出應有的處世能力。個人的不幸即是社會的不幸：自己都不能善待自己了，如何還能談到與他人和諧相處？

自我能和諧，人類內部的關係也全都維持和諧了，進一步還要求取人與大自然的和諧，也就是「天人之際」。否則一切和諧終將化為烏有。

萬物之靈其實與萬物並生，生態環境是人類賴以生存的空間，一旦遭受破壞，將會危及人類自身。不幸的是我們追求物質文明的所作所為，很多正是這種殺雞取卵的勾當。各種能源啟動了科技與工業，卻造成大氣汙染，乃至氣候的反常；大量消費剩餘所製造的垃圾，大肆汙染環境；象徵文明的各種輕重機械，挾著人力之餘威，逼迫大自然處處讓步，最後連天籟也讓予了噪音；山地濫墾濫建濫伐所造成的土質流失、水源汙染，已非一日。一切汙染還只是危機的表象，更根本的威脅乃在天人的失和、生態的失衡：亙古不移的冰河動搖了，人愈來愈多而鳥獸蟲魚愈來愈少了，生態學家預言的「死寂的春天」正步步逼近。

是時候了，為了人類自己能永續生存，吾人應反思「致中和，天地位焉，萬物育焉」的宇宙和諧之道，讓「天人」的新倫理及時挽救大自然於萬劫不復之中。

「群己倫」、「自我倫」、「天人倫」與舊有的五倫合成新八倫，才足以適應新時代。至於八倫之間合理的順序應是：自我、夫妻、父子、長幼、朋友、君臣、群己、天人。其中又可判為三層結構：第一、自我，講自我關係，屬盡己之性；第二、夫婦到群己，講人際關係，屬盡人之性；第三、天人，講天人關係，屬盡物之性。第二層次的人際關係順序從夫婦講起，是因為君子之道造端乎夫婦，有夫婦始有男女，夫婦關係是一切人倫關係的起源（這應不只是亞當夏娃的神話）；夫婦之後的「父子－長幼－朋友－君臣－群己」排序，由親及疏，由近及遠，既符傳統，也合人性。

《尚書．堯典》論及樂理有謂：「八音克諧，無相奪倫，神人以和。」新時代的八倫就像古樂中的八音一樣，金聲玉振，雍雍穆穆，協奏出一幅和諧的人生構圖。

一九八一年三月

情緣

臺灣在一九四九以後，專有名詞而冠以「中正」、「中山」固然無處無之，冠上「三民」的也頗為不少。筆者生長於桃園縣，年少時從中壢搭公路局客運車循縱貫線北上，行經桃園市區中的一段就叫「三民」路；走北橫到角板山遊玩，順道一探蝙蝠洞，那洞所在的地方是「三民」村，村裡唯一的學校是「三民」小學。從課本上認識到「三民主義」後，在中壢買到一本余光中詩集《天國的夜市》，才知臺北有出版社也以「三民」為名。當下直覺這出版社的後臺非黨即政，很可能還是肩負文宣重任的某政黨外圍組織——就不曾細思《天國的夜市》、余光中又與三民主義何干？

後來三民書局出版的書愈讀愈多，才發覺這是一場不太美麗的誤會。又後來，與三民的關係由讀者而編者而作者，更一步步認識到三民的種種，原來「三民」是取義於創業時「三個小民」的合股經營。於今觀之，其實所謂小民其志並不小，其業更是榮茂。君不見六十年來蓬勃一時的黨營文教事業，俱往矣，而三民對臺灣文教界的影響則方興未艾。對我個人而言，更是精神糧食、物質糧食兩有所穫，不妨就循「讀者—編者—作者」談談三民與我之間的三段情緣。

緣之起：讀者

向三民買書，前面提到的《天國的夜市》是我以文藝青年自居才買來讀的。其實三民圖書中真正對我教學、研究與寫作產生影響的，厥在「大學用書」以及「古籍今注新譯叢書」。

大學用書中，黃慶萱教授所著《修辭學》最令我受用。書中「修辭格」皆建立在文藝理論或語言美學的基礎之上，所舉例句例文大多取自現代文，又能兼顧積極修辭與消極修辭，其中某些名家修辭的失當乃至作怪，看了真讓人要拍案叫絕。此書早在我未進大學前就買來認真研讀。當時井蛙之見以為從此修辭不求人了，馴致後來在師大選課時碰到黃老師所開「修辭學」與另個選修課發生衝堂，竟率爾放棄了親炙黃老師的機會，至今引為憾事。

古籍今注新譯更是各大學中（國）文系學生常買常讀的「用書」。我不只求學時自己讀，執教後竟也以「延伸一己之志」的師心（私心？）要學生跟著一起讀。記得當時對學生是這樣說的：「『國文』裡面的『文』往小地方說，指語文；往大地方說，可指文化。今後這三年，老師不僅要教大家讀國文課本，也會帶大家讀『文化五書』。這五書包括《四書讀本》、《古文觀止》、《唐詩三百首》、《宋詞三百首》、《東周列國志》。選擇三民版，是因為它大都有注音，又是『今注新譯』，對初學者、自學者最是方便，而且五書齊全，集體購買應有折扣優惠。同學要是有人買不起或者一時沒錢買，老師可以借錢給你，買給你也沒問題。」

所任教的是臺北市一所被視為貴族學校的私立中學，沒有學生買不起並不令人意外；令人意外的是有學生只願買四本，被拒絕的是《四書讀本》。問明緣由，才知他來自基督家庭。這也還可以理解，不能令人理解且不能不難過的，是家長透過學生傳達給老師的一番話：「我媽媽說我們家不接觸異端，四書五經裡面講的都是些無聊的東西……」

緣之續：編者

文字上的志業，原本我只鍾情於著述與創作，對編書一向頗為排斥；一九九七年會進入三民參與教科書的編撰，純係一連串誤打誤撞造成的。

高中國文課本開放給民間編印時，三民已累積豐富的高職經驗，而且成果豐碩，學校採用率超過三分之二。編輯部決定順勢推出高中版時，計畫用高職課本原有內容作基礎加以修改編寫，而為了符合高中課程綱要的規定，就只須加上「問題與討論」的新單元即可。擔任主編的黃志民教授認為這個單元應交由高中教師設計，較能切合教學實際，於是相中任教建中的高足黃肇基，並要他在同事中尋求一個可以來三民共事的夥伴。

肇基兄前來徵詢意願時，我正因家變而景況蕭條，「短褐不完者，不待文繡」，心想這未嘗不是個轉機，便有違初衷地接下了這樁差事。二人後來到三民與副總編輯見面，他希望我們「從高中教師的客觀立場，看三民要編的這一套課本」，我們老實答以「高中與高職在學生程度、教學目標各方面都不同，這種編法似嫌草率」。緣份總這樣不期然而然，我們於是從只負責一個單元的打零工，被要求全面參與副總編輯口中「全新的、具特色與競爭力的」三民版高中國文課本及其周邊教材的編撰工作。

一晃十幾年過去了，課本也一再修訂、重編。這期間我的一顆腦袋、一枝禿筆，除了在學校教書、改作文以外，全用到三民這邊來，一切研究與寫作計劃全擱置了。然而嗇於此者必豐於彼，獲益自亦不少。首先最現實的，家中經濟困境得以紓解；其次，學校的教學工作由於教、編相長而更為如魚得水；此外，在三民不只從黃教授處習得編撰語文教材的寶貴經驗，更見識到劉董事長的「儒商」風範，以及編輯部同仁的敬業精神。

「儒商」是簡宗梧教授對劉董事長的推許，他的意思是「商而儒者」，但就我個人在三民體驗之所得，毋寧是「亦儒亦商」。眾所皆知出版圖書固然是文化事業，卻也是商業行為。而劉董事長之在商言商永遠只用於內部，對我們這群來自教育界的客卿，他始終以「儒（文化人）」相待，充分尊重我們的專業，從不干涉。職是之故在三民十幾年難得與董事長見面，見面也只在他邀宴的場合，大家把酒而不話桑麻。

編輯部負責教科書的同仁，別科如何我不知，國文這一科都很稱職，因為他們不只認真，語文造詣也普遍達到一定程度。更難得的，編輯過程中一旦發現內容有問題，會主動翻檢出相關資料，再交由撰寫人自行斟酌或讓主編定奪。唯有一次，某編輯不知何故，以私意大量竄改原稿，被發現後還一味諉過卸責，後來聽說公司讓他提早離開了編輯的職位。從董事長到編輯，他們身上所反映出來的三民文化，大概就是三民書局能從「三個人」的小小書店蔚為一個出版小王國的原因吧。

緣之圓：作者

編書編到了第十個年頭，有一天書法家杜忠誥突然找我這個老同學為他寫序，因為他即將在三民出版《池邊影事》，作為獻給自己六十初度的壽禮。忠誥兄只長我一歲，我於是想到可以如法炮製一番；畢竟自己也二二十年不出一書了，積有不少已發表而未結集的舊作，正可藉此良機與三民再結一段深緣。

歷經幾個月的爬梳剔抉，把近百篇文章分成二大類，其一較具學術性，書名定作「語文深淺談」，其二偏於文學性，取名「六十石山上無風處聽風」。三民只接受前者而婉拒了後者，因為前者的內容與我在三民的工作息息相關，就順理成章幫我出了書；至於後者，則由於文學書的市場普遍萎縮，三民久已不出這類書籍了。然而對我來說，在三民出書之心較諸在三民編書之心恆是熱切，如今望二而僅得其一，難免怏怏。不意在《語文深淺談》問世幾個月後，突又接獲編輯部傳來佳音：「上頭」決定續出我另一本書了。

據我個人對三民文化的瞭解，此一轉折應屬偶然中的必然，或者可以說是我十幾年辛勤種下「編者因」，而意外結出了「作者果」。

我年輕時即有志於教育工作與文字工作，慶幸的是發展到後來都算結局圓滿。這就不能不感念兩位劉先生：一是建國高中前校長劉玉春先生，一是三民書局董事長劉振強先生。當年我是謬承劉校長賞識，才由私立初中輾轉經公立國中再到公立高中的，記得劉校長向我這位新進教師「恭喜」時，用的是這樣的理由：「建中匯集了第一流的學生，高中老師教書教到建中應該就到頂了，可以算圓滿了。」

三民這邊的劉先生，先前已提到我們難得見面，即便見面了，這位「儒商」也不會對我說「作家在三民出書可以算圓滿了」。然而至少我是自以為是的，畢竟也只有到此一步，我與三民之間的三段情緣才全面圓成。

二〇一二年十二月

斷想錄十八章

品味

人都具有耳、目、鼻、舌、身、意六根，從一個人六根的強弱，大體可看出他生活品味的高低。意根強的人，過的是孟子所謂「心之官則思」的生活，講究性靈境界的提昇，這種人品味最高。其次，耳根、目根強的人，雖然偶爾難免「縱聲色之娛」，但也常常「極視聽之美」：他生活中的快樂得之於美感者多於快感。至於鼻、舌、身三根特別發達的人，追求嗅覺、味覺、觸覺三方面的享受，都離不開肉體的快感，且常是一人獨佔別人就無法分享的，因此生活品味最低。

做一個正常生活的人，我們不必企求六根清淨，但一定要具有調整六根根性的能力，除非你不講究品味。

執著

對人間萬事萬物，只要你一動念，總免不了執著。有甲乙兩人結伴同行，同時發現路上有一錠遺金，甲視若無睹，乙彎身拾起。甲指責乙貪財，乙便說：「我撿，是貪財；你不撿，是貪名。總歸是貪，又有什麼不同？」這是一則宣揚道家思想的古代寓言。

有一婦人沉迷牌桌，家事都不理。丈夫苦惱至極，在友人協助下誘導妻子信了教，遠離牌桌。妻子從此迷上信仰，家事依然不理，丈夫煩惱如故。這是一幅當代社會的浮世繪。

人之有煩惱，是由於人心無法完全超然於人情世事。既然都免不了執著，則我們在意的是：你執著什麼，以及你執著的結果是利人利己，抑或損人利己，甚至損人損己？

得失

人不管做什麼事，有所得必有所失，如果不論質只論量，得失之間在賬面上一定可以平衡。例如參加考試，別人取巧作弊，贏得了分數卻失去了人格；你規規矩矩，成績相形見絀，卻因此而保有誠實此一難得的人格特質。又如兩人同時爭取某職位，一人走後門送紅包，另一人堅持直道而行，彼此各有所得也各有所失。以此看待人間萬事，一切都「公平」在你的抉擇之下，可以無怨尤。

《菜根譚》說得好：「討了人事的便宜，必受天道的虧；貪了世味的滋益，必招性分的損。」畢竟陶淵明「忘懷得失」的瀟脫，一般人很難做到，只好退而求其次，藉著平衡得失來求取心理上的平衡。儘管態度上未免消極，亦不失為名利場中安心之一法。

慎獨

有人一旦到了誰都不認識他的地方，很容易摘下平日因教養而戴上去的面具，做出平日不敢做的事。不論這是否即「偽君子」，從中多少反映出此人平日律己甚嚴，太在乎熟人的眼光以及隨之而來的評價；只有在沒有熟人的地方他才敢放肆一下，讓自我帶著「原我」出來兜兜風，不如此他將壓抑成疾。

我於是想到儒家「慎獨」修養的「獨」應不是指一個人獨處，而是指只有自己知道我是誰的場合。否則獨處有何可慎？無論做出什麼事都不會見不得人，當時又還未發明監視器。再者，儒者修養的最高境界是仁——仁者二人也，仁心仁行一定要在人群社會中才表現得出來。

獨處是無法求仁的，只能求仙罷。

找伴

人，不只做壞事需要同伴壯膽增勢，做起好事竟然也大都如此。

有國中生在公車上想讓座而不敢讓座，他說因為都沒人讓，他不好意思獨讓。有人會認為這是小孩子不成熟的想法，但看看文天祥這個大英豪吧，成仁取義前寫下〈正氣歌〉，一口氣羅列了十三個認同對象：「在齊太史簡，在晉董狐筆……」，目的無非藉著「典型在宿昔」強化一己的信念，使自己的所作所為有所依據——縱然是成仁取義，也不能太孤單。孔子說「德不孤，必有鄰」，應是針對此一人性弱點而發出的鼓勵之語，所鼓勵的對象，也包括他自己。孔子甚至找伴找到人以外的世界去。當周遊列國廢然返魯時，途經山谷見一株蘭花綻放芬芳，便對它喃喃自語：「芝蘭生於幽谷，不以無人而不芳；君子立身行道，不因困窮而改節。」

泰戈爾詩：「小草，尋它地上的伴侶；大樹，樹它空中的寂寞。」再怎樣的聖賢豪傑，處在人群社會之中都只能是一株小草。

遇合

本身條件跟我們相當的人，如果成就高於我們，我們常認為他「運氣好」，其實較不宿命觀的說法應是「遇合」。一般人講遇合，總是聚焦在所遇合的人事或時勢上面，卻忽略遇合自身的動態本質——所謂遇合是先遇而後合的。遇，是碰到，而且一定是中途碰到，因此不管你才情如何，一定要邁步走出去，才可能碰得到；不走出去，就什麼也碰不到（有之不必然，無之必不然）。

諸葛亮遇劉備，君臣相合，「如魚得水」（劉備語）。據史書記載，諸葛亮並非只是在家坐等劉備三顧茅廬，在此之前他已名聲在外，而這個引來劉備的名聲，可是他憑真才實學建立起來的。諸葛亮當時儘管是古之宅男——處士，人不動而心動，名聲早遊走四方了。

當然此中也可能存在著偏差，那就是當遇合與迎合相疊的時候。特別是迎合當權人物，迎合世俗與時尚，在我們這個社會相當普遍，而且不少人因此而功成名就，這不可不察。

離別

「黯然銷魂者，唯別而已矣。」把離別說得如此慘兮兮的只有華人。華人生性保守，安土重遷主要是分不開周遭的親朋故舊。為何分不開？一來是不甘心好不容易培養起來的情誼，因兩地相隔而中斷；二來是擔心到了陌生的環境，置身陌生人之間，能不能適應，會不會被接納都是問題。這二種情緒交相激盪之下，縱是鐵石心腸，也不得不黯然神傷了。

王勃有一首送別詩，其中「海內存知己，天涯若比鄰」說的無非是：不管你到哪裡，我倆友誼永不變。後世讀者若視之為灑脫，只怕就一廂情願了。王勃要真的灑脫，就應如此勸他朋友：「不管你到了哪裡，都會有新朋友。新朋友、老朋友總是朋友，離別其實沒什麼好傷感的。」然而華人一向既怕生又欺生，王勃想到友人初到異地難免「比鄰若天涯」，因此才以自己對他「天涯若比鄰」的情誼來寬慰他。

改過

「知過能改，善莫大焉。」以前總覺得這話說得太無理：犯過的人只要不再犯，便把他抬舉到「至善」的高度，對從不犯過的，豈不有失公允？後來，見過太多人明知這個行為不好，卻始終改不了，才發覺第一個提出這種看法的人，不只閱人多矣，竟可說已參透人性。

不妨借《新約》「浪子回頭」的寓言故事印證此中道理。某富人有兩個兒子，大兒子聽話又勤勞，小兒子平日游手好閒仍不知足，要求父親提早分產給他，以便浪遊遠方。及至錢財揮霍既盡，他難捱凍餒之苦，只好重回父親身邊。父親不只不責備，還殺牛宴客，歡慶他回家。大兒子憤恨難平，父親便對他說：「只因你始終與我同在，而你這個兄弟卻是失而復得，我們理當歡喜快樂。」

故事中的大兒子可比從不犯過之人，小兒子浪子回頭正是知過能改，而父親「失而復得」的心境，則鑑照出「善莫大焉」的真諦所在。

賭博

最不良的不良嗜好是賭博，因賭博而交上的朋友，是最損人的損友。任何嗜好，聲色犬馬吃喝嫖淫，再怎麼花錢總有個限度，只有賭博是無底洞；任何朋友，多少都有跟你利益一致的地方，但賭友之間，彼此只圖對方的錢而已。雖然以上兩點都只針對錢財而立論，但別忘了，為錢財而不顧一切，是人類劣性中一個普遍傾向。

「萬惡淫為首」的古訓並不符事實，那裡面帶有強烈的道德制裁意味。真正的萬惡之首，在賭不在淫。然而孔子有言：「不有博弈者乎？為之猶賢乎已。」居然認為博弈較諸無所事事來得可取，此中道理何在？孔子應是怕人閒著沒事容易無聊，無聊之極就容易為非作歹，因此勸人與其閒著，還不如博弈；再者，孔子所謂的「博」比較清純，只鬥智鬥巧而不賭錢。否則這話大有問題。

小人

孔子喜歡從道德實踐比較君子與小人，也說了不少君子如何小人又如何之類的話，其中最是言簡意賅的應是這一句：「君子和而不同，小人同而不和。」「和」與「同」都是人與人相處之道，差別在於：和中有自我，同中無自我。有自我，做人做事便有一定的原則，絕不徇己以從人——所謂「不同」，但也不屈人以從己——所謂「和」。

君子和而不同，能同時兼顧個性與群性的平衡，人格發展得極其健全。而小人同而不和的結果，則不免淪為喪失自我的可憐蟲，此小人之所以為「小」也。

小偷

只要財產私有制存在一天，就會有人企圖以不正當手段——最普遍的是偷、搶、騙，其中偷尤其方便——把原屬於你的財產轉變成他財產中的一部分。一個社會有了小偷，正可以反證這個社會肯定人性中的基本私慾，承認每個人的私有財產權，這大概是小偷存在的唯一價值吧。

每個人都有東西被偷的經驗，被偷時無不把小偷恨得牙癢癢的。但是如果要我們在財產私有而有小偷，與財產共有而無小偷之間擇一而處的話，相信大家寧願要有小偷。

年齡

男人女人都喜歡虛報年齡。女人喜歡將多報少，通常只能欺騙自己：我希望我始終年輕。男人喜歡將少報多，則分明是為了欺騙別人：你看我養生有道、駐顏有術，我乃長生不老人。此所以史上神仙總是由男人來扮演了。

不妨打開劉向《列仙傳》看看，七十幾位神仙中，派給女人做的屈指可數。

時間

金錢的票面價值，不等於使用價值。一張同面額的鈔票，到了不同人手中，會有不同價值的發揮，其中關鍵在人不在錢，時間也是如此。

臺北有一位從事藝術工作的老先生，每次跟年輕人談話，總不忘誇稱他今年已一百多歲了。別以為他是活神仙，他的算法是：別人一天頂多工作八小時，他可以工作十六小時，是常人的雙倍；他今年七十歲，乘以二，就一百多歲了。這論調其實並不新鮮，胡適就有詩：「不做無益事，一日是三日；人活五十年，我活百五十。」不管怎樣加倍算，總是意在啟示我們「浪費時間便是浪費生命」的道理。

提到「浪費」自然就要聯想到金錢，但必須正反兩面想，才算思慮周到：時間既像金錢／時間也不像金錢。凡是只知道「時間就是金錢」、只會慨嘆「寸金難買寸光陰」的人，不可能真正瞭解光陰的可貴，除非他警悟到：時間不能像金錢那樣，可以在年輕時儲存下來，等年老時再提出來慢慢花用。

知識

知識害道，從游泳這件事就看得出來。初生的嬰兒不識不知，托著頭幫他洗澡時，偶爾鬆手，他還能浮著不沉；稍稍長大後，帶他到游泳池玩水，由於他已知道水是會使人呼吸困難的，還沒入水肌肉便開始緊張，一入水嘗試漂浮便使力掙扎，於是水的浮力被整個抵消掉，人只好下沉。

知道的越多，越違離自然與本能，這道理也可從大水牛身上得到反證。大水牛就是因為笨到連水會淹死牠都不知道，才不會怕水，一入水便自然上浮，以自然之身實證了自然的浮力原理。

老子說「為學日增，為道日損」，不只是談玄而已。

電影

一切藝術以電影最容易模擬真實，所以一般人進電影院，多少帶有尋求補償的心理。看《英雄本色》時，有暴力傾向的人，藉著幻身的介入到打打殺殺的場面，而獲得心靈上的紓解。至於無暴力傾向的人，常是現實生活裡的弱者，正可藉著「英雄」角色的認同，在幻想的世界裡作一名強者，以平衡真實世界裡自身的弱勢地位。反正彼此各取所需，都可在心理上得到應有的慰藉。

鍾阿城在《棋王》裡借敘事者之口，說：「電影兒這種東西，燈一亮就全醒過來了，圖個什麼！」其實還是有所圖的。

趕時髦

男人女人都喜歡趕時髦，不同之處在於：女人趕的主要是時裝，男人趕的是思潮。

趕者，跟也。熱衷於趕時髦的人是那種既「不敢為天下先」也「不敢為天下後」的中間人，他們走在時代的流程裡，向前看，前面有人，向後看，後面也有人。他們就在這種「前後都有人」的被護衛心理下，一方面認同了時代，一方面也獲取了安全感。這樣子趕出來的時髦，充其量只能算皮毛。像臺灣的龐克族，只知學人家奇異裝扮的外顯行為，對於人家奇異裝扮背後的文化理念則懵然無知。

那真是趕時「毛」。

田園文學

工商業時代留在農村的是真正的農夫，他們握鋤頭不握筆桿。都市裡握筆桿的人也許以前也握過鋤頭，現在則非筆桿不握了。這種人寫田園與農村，就如同都市人假日郊遊，求取一種補償罷了，內容因此常止於風光的描寫。在他們筆下，活生生的農民也成了風景的一部分。因為他們只站在欣賞者的角度，本著「距離產生美感」的心態，用藝術化的手法處理農村素材，寫得再美再好，境界終覺隔了一層。

唯一不以欣賞者而以參與者呈現農耕生活的，是陳冠學《田園之秋》。也只有陳冠學當得起「現代陶淵明」的稱號，因為陶淵明正是白天用鋤頭在大地上寫詩、夜裡用筆紙在詩裡寫大地的真正田園文學作家。這樣的作家，文學史上找不到第二人（王維、孟浩然、范成大、楊萬里都只是欣賞者，而非參與者），不意重見於今日，彌足珍貴。

零感

口腹之慾應分兩截看：填飽肚子是腹慾，基本需要；講究口味則是享受，騙騙舌頭使你願意多嚼幾下而已，入了肚子其實都一樣。

＊　＊　＊

失眠的真正痛苦，不在睡不著，在於想睡而睡不著；本來純屬生理需求的事情，遂成了心理慾求的不獲滿足，痛苦於焉產生。可見人世間的諸般苦樂，不過是事情如不如你意的問題而已。

＊　＊　＊

穿漂亮衣服是另一種裸體。這裡面的三段論是：我要吸引人，但我不能裸體示人，所以我必須穿漂亮衣服。

＊　＊　＊

下班後的快樂，始於入門的脫掉鞋襪，繼之於入室的卸下領帶、外套，而極之於入浴的除盡衣物，裸現自我。

＊　＊　＊

世界上最快樂的人，是能把職業當事業而從事的人，不過最幸福的應是職業與事業合而為一的人。

＊　＊　＊

讀一遍就懂的詩，不是好詩；一讀、再讀、三讀仍然不懂的詩，也不是什麼好詩。對讀者來說，理想的好詩應是：再，斯可矣。

＊　＊　＊

升學率不除，中學教育沒有前途；收視率不去，電視節目永遠低俗。

＊　＊　＊

所謂時也，命也，運也，事發之時其實並不存在，只是事後提出來的一種解釋、一種慰藉而已。

＊　＊　＊

超越現實，自成世界，這是文字迷人之處，然而誤人之處也在此。

千年拉鋸

阿福伯賣水果，從年輕賣到滿頭白髮，光是顧客他就閱人無數。來買水果的，有些會邊挑邊咕噥著家裡哪一個孩子喜歡吃哪一種水果，哪一個又不喜歡哪一種。有天來了個中年男子，挑水果時口中喃喃的竟是：「我阿母最愛吃這個了……」阿福伯大受感動，結賬時額外奉送了幾個，說：「幾十年來，你是唯一來買給父母吃的！」

對我講這故事的人，與阿福伯同鄉，年紀也相仿，他的父母早已不在，老伴也先走了。我則上有父母，下有兒子，聽了不免感觸良多。

就在不久前，此間有富商的兒子上學途中遭人綁票。消息傳開後，大家談論的焦點落在巨額贖金以及富商的財力，全都對事件中的一個怪現象習焉而不察：有錢的明明是父親，為何被綁的會是沒錢的兒子？這當然是個蠢問題，歹徒並非來自外星，不會不知道存在於親子關係中的一條鐵律：子女在父母心中的份量，永遠勝過父母在子女心中的份量。

我們一旦身兼子女與父母雙重角色，對子女的付出（所謂「慈」），常不知不覺就蓋過對父母的付出（所謂「孝」）。這慈孝之間的畸輕畸重，自古至今已成常態。二千多年前，子夏因喪子而哭瞎了雙眼，然而喪父喪母並沒見他悲慟到這種地步。他的同學，以孝著稱的曾子於是痛加指責，罵他是父母和老師的罪人。孔門高材生尚且如此，一般人更不用說了。

西漢儒家學者劉向對此頗有體會，曾說過：「孝衰於妻子。」（於：由於。妻子：妻與子，重心偏在「子」）意思是說人在結婚生子後便重慈輕孝，嚴重的還可能有慈無孝。劉向這種看法與俗諺「養兒方知報母恩」全然相反，而劉向之說較符實，且更值得吾人深思內省。

慈與孝都是愛——對家人的愛，二者最大的差異不在於「關係上（人）」的上對下或下對上，而在於「形勢上（愛）」的上對下或下對上。我們不妨借用車船之行駛來比較這二種愛：父母愛子女，有如車輛下坡或船隻順流而下，是順勢而為，可稱「順愛」；反之，子女愛父母，恰如車輛爬陡坡或船隻逆流而上，屬逆勢而為的「逆愛」。順愛容易逆愛難。我們對子女的付出，不須努力就常做到多多益善；若有人要我們少做少給點，竟是比要我們不愛自己更不快樂。至於對父母的付出，要是不隨時提醒自己，就只會少做不會多做；有朝一日當我們猛然驚覺做得不夠時，往往已是子欲養而親不待，空留餘恨了。

形勢永遠比人強，慈與孝彼此未經拉鋸就已嚴重失衡，一旦行慈行孝的人缺乏反省能力，就會放任二者朝極端發展，最終讓自己淪為有慈無孝之人。正如下面這一首歌謠所描述的：

我從窗兒望見兒餵兒，想起當年我餵兒。

餵大我兒兒餓我，餓大你兒餓我兒。

其中「我兒」固然有慈無孝，而「我」自己以前養兒時又何嘗不如此（「想起當年我餵兒」）。這短短四句謠所訴說的，正是人類亙古以來代代相傳、慈孝拉鋸的零和遊戲：「……我——我兒——你兒（我兒之兒）……」每一代都同時被向上孝和向下慈二種力量拉扯著，到頭來每一代都不孝也都被不孝。看似公平，但如此一來又與禽獸何異？

無須動物行為學家告訴我們，眾所皆知動物正是有慈而無孝。即以老虎為例，不僅是「虎毒不食子」，虎母在養大虎子的過程中，還會教牠獵食技能，甚至冒著喪命危險保護虎子。與老虎同屬非群居動物的獵豹，做得更周到。當幼豹斷奶開始吃肉時，母獵豹捕獲獵物會讓幼豹嘗試自行咬開，咬不開才上前一邊助咬一邊作出示範。稍大後該教牠們打獵了，便活捉體型小的幼羚回來，讓牠們實習追、撲、咬等一連串獵殺動作；母豹則在旁監看，隨時糾正，務期教會而後已。至於對幼豹的保護，當發現有獅子逼近家門時，母豹便出去挑逗，以誘開這一頭殺戮機器；一旦獅子不為所動，牠便做出更能激怒獅子卻也更自危的動作。由於獵豹奔跑速度極快，只要來的不是獅群，最後都能化險為夷，達到護子的目的。然而不管老虎或獵豹，幼獸被養大獨立後，會為了地盤而與母親爭鬥，當母親又老又病無力獵食時，牠即使路見也不會為母親停下腳步。儘管我們也知道，動物育子護子純是一種「讓自己基因傳遞下去」的蕃衍慾望驅使牠這麼做的。然而看在人類眼裡，誰能說那不是慈愛的表現？

慈愛不只在地球上貫通人獸之間，更在人世間超越一切愛恨情仇，母愛尤其如此。有一首日本老歌〈岸壁の母（碼頭上的母親）〉，寫日本戰敗後，一士兵被俘往西伯利亞；寡母深信兒子終將平安歸來，每次只要有「引揚船（載運戰俘歸國的船）」回到京都府的舞鶴港，她便守在碼頭上引頸鵠候。前後十年之間，一次又一次支撐她千里迢迢由東京趕來舞鶴的，除了身邊的一根枴杖，就是深信愛子仍在人間的一股念力。我所知道的某個中國人，由於歷史的因素對日本一向不存好感，但當他無意間接觸到這首母愛之歌，一面聽著二葉百合子如泣如訴的演歌，一面讀著如怨如慕的歌詞，竟也不禁鼻酸了起來。

歌詞全文如下（加方括弧的屬口白）：

做媽媽的我來了，今天又來了

今天又來到碼頭這個地方

明知希望渺茫，但或許

或許是被一心想重逢的意念牽引來的吧

〔引揚船又回來了，而我那兒子這一次仍然沒跟著回來。兒子啊我就站在碼頭同一個地方，為什麼你總看不到？港名不是叫「舞鶴」嗎，為什麼你不能像鶴那樣飛回母親身邊？真回不來的話，求求你，至少至少也叫喚一聲讓媽媽聽到……〕

合十向神明，祈求神明能讓兒子對著我說：
「啊啊，母親，您遠道而來，辛苦您了！」
儘管人家都說天涯海角，隔著千山萬水
然而何遠之有，何遠之有呢
對母子來說，這一點都不算遠啊

〔到如今十年了，我那孩子不知如何捱過？風厲雪虐的西伯利亞很冷很苦吧？做媽媽的只求能用生命的熱度緊抱我兒，溫暖著他。直到那一天來臨前，我都不能死，無論等到何時，我都要等下去……〕

這十年來的悲願
唯有神明最清楚
較之流雲，較之寒風
更淒慘、更悲苦的命運
只剩一根枴杖陪伴著我

〔啊，風哪你行行好，替我把心聲傳送出去吧：為了與愛子重逢，今日我又守候在怒濤拍岸的碼頭，一個母親的身影佇立著，啊……〕

古往今來無論發生什麼戰爭，上戰場的可能是父親或丈夫或兒子，但最傷痛的家中角色永遠是母親。聽這首〈岸壁の母〉而落淚的，應該不是站在母親的角色想到自己兒子，而是反過來從兒子角色想自己母親，其中多少帶有情感補償的作用。

孤立地看，慈愛確是最感人最值得歌頌的一種愛（但稱不上「偉大」，因為太多人做得到）。然而人類一旦只知慈而不知孝，不能不說恰如孟子所批評的，是「近於禽獸」的。

孟子的理念世界裡，固然肯定了「孩提之童，無不知愛其親者」，卻也洞悉人獸之別只在幾微之間，認為人類若要與動物分出高下，不能單憑天生的人性與獸性之別，還必須將人性置於人倫的規範之中，這才克竟全功。孟子當年遊說諸侯，無論對齊宣王或梁惠王，都勸他們讓人民飽食暖衣之餘，要「申（反覆叮嚀）之以孝悌之義」。為何提「孝」不提「慈」？因為慈是連禽獸都不學而能的，人類更是優於為之，若再加強，恐有泛濫成災之虞。又為何對孝要「申」？因為若不如此，則強勢的慈將乘虛而入，逼得孝步步退讓，馴致社會重回有慈無孝的初始狀態，人獸又無別了。

人性之中，慈與孝本就難免暗中拉鋸。當人倫挾著社會制約的力量積極介入，慈孝之間的拉鋸戰便表面化，表面化後更引來其他外力不斷破壞慈孝之間的平衡，終因狀態不穩而暗藏極端化的零和傾向，使得親子之愛不歸於孝即歸於慈。

不妨展開歷史背景，看其中的演變發展。當儒學的獨尊地位確立以後，重孝輕慈成為專制皇朝人倫教化的主軸，而統治者基於塑造順民的需要，更配合「君父——臣子」的綱常，全面揚孝而抑慈，於是舉世無匹以「孝」為名的一部儒經，遂應運而生。不只孝道一舉躍居「教之所由生」的超越性地位，孝行也被賦予「德之本」的先驗性價值，成為觀察一個人全人格的公定指標。漢朝察舉制度設有孝廉、至孝、孝悌有行、孝悌力田等科目，是取士授官的主要途徑，這無非基於「孝則忠君愛民」的價值認定。這種唯孝又泛孝思想主導下的政教趨勢，發展到了「二十四孝」產生的宋元時期，慈孝之間的拉鋸，終於走向另一個極端——有孝而無慈。「為母埋兒」是箇中典型：

> 漢郭巨家貧，有子三歲，母常減食與之。（孝子讓母親吃私菜，而祖母讓孫子分享，這都屬人之常情）巨謂妻曰：「貧乏不足供母，子又分母之食。盍埋此子？兒可再有，母不可復得。」（孝子的邏輯就是簡單得可以） 妻不敢違。巨遂掘坑三尺餘，忽見黃金一釜（釜：容量單位），上云：「天賜孝子郭巨，官不得取，民不得奪。」（上天作此宣示，是因為第一、地底下出寶藏，依律須歸公；第二、郭巨是承租戶，房地另有主人）

為了不讓幼兒與母親爭食，遂將他活埋了事。這行徑完全違反「父母之心，人皆有之」的基本人性，只會讓人聞之心寒，又如何藉以勸孝？編撰者於是在結局前抬出「天意」來圓成此事，從而讓故事中人與讀者皆大歡喜。如此就主題正確了？這其實是巧藉「神道設教」以教孝，不啻將孝道推向宗教信仰的領域。在這種情況下，故事的主題即使不是可議的「有孝無慈」，也已經偏離孟子「人道設教」當初以人倫說孝的純儒路線。

「為母埋兒」的原始出處，據考證係出自劉向《孝子傳》。難不成劉向感傷世人「孝衰於妻子」之餘，不惜矯枉過正，逆向推出「慈衰於父母」與之在拉鋸中相抗衡，並藉著神化孝行以愚民勸世？抑或劉向有意替天行道，藉著「損有餘以補不足」，大肆劫掠慈之富以濟助孝之貧？姑不論劉向是否真編過《孝子傳》，世上凡是企圖借助宗教、政治之力以解決慈孝糾葛的，都將治絲愈棼。至於採用教育（考試）或法律（刑罰）等現實手段，縱使見效也只是一時的、表面的，施行不當甚至帶來反效果。下面一則不是笑話的笑話，反映的正是這種現況：

媽媽：「ㄌㄧㄥˇ ㄌㄧㄥˊ，媽今天很累，幫忙清理桌面，洗洗碗盤好嗎？」

女兒：「媽，不行耶，明天考『二十四孝』，我都沒背哩！」

環顧周遭社會，慈孝幾千年拉鋸下來，幾乎一切照舊：禽獸一般的「有慈無孝」以及神一般的「有孝無慈」、「慈衰於父母」仍屬極少數；而以「孝衰於妻子（含『夫子』）」為最普遍，可謂滔滔者天下皆是，很可能你我有意無意間就身為此中人而不自知。

走筆至此，也不能說心所謂危，只是回過頭來想問：既然「孝衰於妻子（夫子）」的孝是被慈強力拉走的，那麼當未有妻子（夫子）之時，為何孝心也常似有若無，孝行更是氣若游絲？到底還有什麼力量在拉扯它？答案或許就在每年夏天的聯考考場。彼時考場裡擠擠擦擦，其中有應考的兒子女兒，也有陪考的父母親，他們兩代之間的互動，有一幕頗具典型意義：走廊上、休息室裡，父母親為了替子女驅熱或紓壓，有揮扇一旁的，也有拭汗額頭的，更有按摩肩頸的。而那些做子女的全都只顧看著書準備下一節考試，對父母書僮般的侍候，多半面無表情，有的還一臉不耐煩靡雜著不好意思的神情。

這裡面我們看到的不只父母對子女做了什麼，更有父母對子女教了什麼。前者是「孝衰於妻子」的最佳寫照，而後者無疑是造成「孝衰於父母」的根源——由於父母把本屬子女的孝順搶過來反用到子女身上，子女也就無孝順可用了。真相如此，吾人還能一味慨嘆「痴心父母古來多，孝順兒孫誰見了」嗎？

慈孝你來我去的千年拉鋸，會不會就此停格在「現代孝子」這一幕？至少表面不會。君不見我們這個社會，做父母的、做老師的、做大官的，哪一個不宣揚孝道，不認為子女應該孝順父母？「孝行楷模」的選拔，從地方到中央年年如火如荼，公開表揚時首長一定到場，握手，頒獎，致詞，一切行禮如儀，外加拍照存證。

一九九一年六月發表
二〇一二年十月擴寫

幼吾幼

兒子才就讀小學一年級，平日只上半天課，下午乏人照顧，只好把他送進安親班。每到週末，則託一位同事騎摩托車接他兒子時也順便接我兒子。

從沒想過一個大人帶兩個小孩共乘一部摩托車，其中一個是自己兒子，一個是別人兒子，會是怎麼個坐法。直到有一天，兒子跟我走在回家的路上，看到同事停放一旁的摩托車，突然就說：「姜叔叔很奇怪吔，每次我坐前面，他就說要讓姜〇〇坐前面。」我說：「哦，那你就讓他坐嘛。」他提高了音量，近似抗議，也不知向誰：「不是我不讓他坐啊！是姜〇〇他自己喜歡坐後面，可是每次姜叔叔還是要姜〇〇坐到前面去。」「結果呢，他坐了沒有？」「沒有哇！姜〇〇不肯坐前面，他說他喜歡坐在後面。可是姜叔叔好像不太高興吔！」

父子對話到此，一切也就盡在不言中了。

又有一次，和友人兩家開車遊花東縱谷，兒子本與我們夫婦同車，後來因友人車上有二個同齡小孩可以陪他玩，便讓他上了友人車。一路上，友人車前導，我跟隨在後，邊開車邊想像前車中三個小孩快樂玩笑的景象。突然一聲巨響，只見友人車與對向來車碰撞，翻倒在排水溝上，我急忙下車衝上前去，幾十公尺的距離恍如天懸地遠。趕到後，打開車門探身進去，忽聽得一陣呻吟聲傳來，分不出是誰的，我心一緊，兩眼迅速搜尋，第一時間停在兒子身上，然後才是友人一家大小。

這一場意外，有幸只造成一些可復原的創傷，而對我這個當時身兼人父與友人的旁觀者而言，飽受驚嚇之餘，對基本人性有了更真切的生命體驗。

孟子說：「幼吾幼以及人之幼。」未結婚生子前，教書教到此，只知道要提醒學生，說這個「以及」並非白話意義的「以及」，不可解作「與」、「和」，否則「吾幼」、「人之幼」就形成並列關係，必須一視同仁，那是兼愛思想，不符孟子的學說；「以及」應理解作「以之推及（以此心為根源而推衍出去）」，所以「幼吾幼以及人之幼」是說愛自己的孩子，要發揮此一愛心，一旦行有餘力，還須愛別人的孩子。然而講解歸講解，始終舉不出具體事例，如今有了兒子又發生這些事，課堂上我從此可以現身說法，印證此一名言了。

殊不知後來講到「伯道無兒」的成語故事，學生又有了新的困惑。鄧伯道生當五胡亂華的時代，那也是一個人民隨時都在準備逃難的時代，胡人渡江來了，鄧伯道帶著妻子、兒子以及姪子一起逃難。先是騎乘牲口，後來牲口被搶，孩子年幼無法步行，鄧伯道便一肩挑起二子，緩緩前進，愈走愈慢愈落後逃難隊伍，鄧伯道於是決定放棄其中一個孩子，以減輕負擔。他告訴妻子說：「弟弟已不在人世，無論如何姪子須留下。我們還年輕，只要能平安活下去，不愁沒有兒子。」

故事的結局很不圓滿。鄧伯道後來由於一直盼不到妻子生育，便討來一個年輕女子做妾，準備靠她傳宗接代，不料竟發現此女與他有血源關係（亂世中何事不可能），鄧伯道因此不跟她同房，也就傳不下後代。時人感歎鄧伯道有德而無後，紛紛傳語：「天道無知，使伯道無兒。」

這樣一個「幼人幼」的故事，又該怎麼解釋？看過一種說法，說鄧伯道的抉擇違背人性，也傷了妻子的心——《晉書．鄧攸傳》記載，當時「妻泣而從之」——所以才遭天譴，絕了後嗣，足見天道並非無知，而是既知且靈。這種說法還指出京劇中故事的結局改成好人有好報，只是為了符合觀眾的期待以及教善的需要，純屬一廂情願。

「遭天譴」的解釋，並不足以調和「幼吾幼」與「幼人幼」的矛盾。解讀者似乎未曾細察鄧伯道棄子留姪時所說的話，否則應知鄧伯道之所以沒有幼吾幼，純是基於理性的思考，而非人性的發揮。而孟子談的只是人性。

然而面對尚未結婚生子的學生，我會從鄧伯道所處的時代背景——亂世切入，說古人有言「寧為太平犬，不作亂離人」，因為在亂世中做人，常會做出一些偏離人性的事，好事壞事都難免。壞的，如劉邦被項羽追殺時，為了減輕車輛的負載，便狠心將親生兒子推下車；好的，如鄧伯道。

選擇從亂世來破解這個故事，私意是希望我的學生憬悟到，天倫之樂只有太平歲月才享受得到，大家應知所惜福。

一九九一年二月

與子偕行

當了父親以後急著想去補償的，居然不是生我養我勞苦一生的老父，而是生下他又要養大他的兒子。我彷彿遁入時光隧道，化身成年輕時的父親，而兒子他變成一個幼時的我。

小時候從不曾與父親手牽手，共度晨昏散步的時光，如今兒子會走路了，自己再怎麼忙怎麼累，每天總要抽出時間來帶他散步。不只是牽他小手，有時還讓他騎上肩頭，舉重若輕地徜徉於幽邈的過往歲月之中。

那一天黃昏，父子同步才一小段路，小傢伙就嚷著要我「扛」他。一面屈身下蹲，一面問他為什麼老要爸爸扛，他愉快而熟練地上了肩，毫不加思索地說道：「這樣子你才比較高哇！」正待邁開步伐的我，聽了這句脫口而出的「童話」，心頭微微一震，怎麼回答的不是預想中的「這樣子我才比較高哇」？才沉吟片刻，他就等不及似地拍著我的頭顱叫道：「走哇，ㄅㄚˇ ㄅㄚˊ！」於是不知道究竟父增子高、還是子增父高的一對父子，反正是以一個長長身影漫步在黃昏後的山道上。一路上，盤繞心頭使我腳下遲遲其行的，始終是兒子那匪夷所思的一句話：「這樣子你才比較高哇！」

這樣的事，想來應該不會發生在母女身上。自古以來，父子關係從來就有別於母女關係，在榮辱與共的關係上尤其如此。「子弟又何預人事，而欲使其佳？」「譬如芝蘭玉樹，欲使其生於階庭耳。」東晉時謝氏家族的一場對話，透出了父子情結間耐人尋味的訊息。順此脈絡把時空拉回此時此地，我們這個社會，「孩子啊，我要你比我強！」沒說出來的下半句應是：「只有你比我強，才能使我覺得比別人強！」

所以孩子啊你說得沒錯，增高的並不是騎坐肩上的你，而是底下費力扛著你的爸爸我。畢竟在大人補償心理的需求下，在過往歲月的回溯中，孩子，你所扮演的不是自身，而是父親的影子。還記得吧，有一回我們也是這樣子散步，回來時天色已黑，沿途的路燈也亮了起來。走著走著，到了一盞路燈底下你突然掙脫小手，還推我一把，說我擋住了你的影子。當時只覺得好笑，還一路陪你玩那種追你影子、躲我影子的好奇遊戲。現在想想，當時你想說而說不出口，也許長大後會脫口而出的，會不會是如此這般的話語：

「爸爸，你為什麼不挪開你那巨大的陰影？我也想看看自己身影在燈光下到底是什麼樣子！」

一旦出現那種情況，我不知道會不會難過。也許會想起你四歲不到的那年秋天，假日裡我帶著你翻越後山，到劉叔叔家找劉小弟玩。由於一路上上坡下坡，我們走得很慢，你又邊走邊玩，以致原預定十點前抵達的，到了接近十二點我們還在路上。秋陽此時轉烈，我於是牽住你的手，以巨大身影翼蔽你小小的身軀。當時你就這樣乖乖地在我的庇蔭下走完全程，並沒有掙脫的意思。

也許我還會反過來想，有一天我老了，又瘦又小，你愈長愈高愈壯碩。如果我們父子還能一塊散步，幾度曾掙脫我而去的你，會不會驚奇地發現到此時你正以身影翼蔽我軀，你也將因此而沾沾自喜吧，孩子。就如同那一次，我送阿公下山，天上飄著濛濛細雨，我們父子挺擠在一把小傘下。高出阿公半個頭的我，一手攬住阿公，一手順勢將傘整個偏了過去，讓自己的右半身承擋雨滴，涼意跟著襲了進來。而我，實實在在滿足於這種感受。

也許我什麼都不該想。漫漫的人生長途上，在你尚未要我挪開陰影之前，我誠然不能不陪你一段，但不該也不必要的，是以牽手和遮影來要求你與我同步。我會離你稍遠一點，在視線可及之處，看著你或先或後，或停或行，或馳或躍，一切隨你之所興。就如同到劉叔叔家那一趟山路之旅的前半段，你有時快步前跑，奔向一個引你注目的特殊目標；有時也好奇地停下腳步，尋聲探望林子裡可能存在的鳥獸，竹雞、松鼠之類什麼的。

就是這樣，孩子，人生道上與你偕行，做父親的我只在視線可及之處默默望向你——帶著欣賞多於關照的心情，也帶著一種不惹你嫌厭的好樣子，望向你。直至有一天，視力不濟了，前景已然模糊，而你漸行漸去漸遠……

一九八八年二月

阿甘

阿甘是我們家的外籍女傭，四年前遠從泰國來服侍年邁多病的母親。在阿甘之前原有一位菲傭莉娜，只是既不敬業，又不願學臺語，頗不得母親歡心，做不到一年就趁她有事返國，送走了之。阿甘則與母親極為投緣，母親常誇她乖巧又貼心，幾乎視她如同孫女甚或女兒。我們愛屋及烏，一致把阿甘當作自家人。

當初挑選外傭時，仲介公司曾提供書面資訊，比較各國女傭的異同。其中有一條說：菲人信奉天主教，來自民主國，自主性強；泰人信奉佛教，來自君主國，服從性高。記得仲介帶阿甘初來我家時，要我對她略作指示。她竟然就跪在地板上，雙手合掌，挺直上身聽話、答話，情況就如同電視上看到的泰國總理謁見泰皇那樣。我受禮若驚之餘，立即請她起來，並明告她到了臺灣可不必拘禮，我們沒有這一套。後來又發現她每走經我們面前就合掌、俯身、快步通過，請她也一併免了。唯一讓她保留的泰禮是欠身合掌，以表示初見面、打招呼、告辭、感謝或道歉等。

這個泰國來的傳統女子，長相並不出眾，但舉手投足、周旋應對之間，給了我們頗佳的第一印象，不像菲傭莉娜，直挺挺地立在那裡，只會滴溜著大眼睛。高興之餘，我們把她的泰名簡化、臺灣化，叫她「阿甘」。「甘」在臺灣話有甜美、捨得、樂意、慷慨大方等好意思。母親把「阿甘」、「阿甘」唸了幾遍，覺得順口，也就同意了。

本來莉娜走後，母親不願再僱用外籍女傭，怕又言語難通，徒增困擾。沒想到阿甘來家不到半年，便能與母親溝通無障礙。她是怎麼辦到的？我注意到她備有一本簿子，裡面用泰文擬音，把她聽來的臺語詞彙乃至語句，一一記下來；這簿子跟著她廚房、臥室、客廳到處擺放，以便隨時筆錄。這當然只是初學，後來則有賴她天生的巧舌與慧心。

阿甘的臺語，都是向母親學來的。母親是老一輩中也罕見的生活語言大師，運用起母語來，恍如一部活《臺灣語典》。阿甘有良師指導，學得又勤又快又好。所講的臺語，除了連音和變調的掌控稍嫌生硬以外，詞彙、語氣以及偶爾冒出的俗諺或粗話詈語，都帶有媽媽的味道，聽在我們子女耳裡，頗感親切。有人誇她臺灣話說得比在地年輕人還要輪轉，她總是笑說：「無啦，攏嘛是阿嬤爻教（教得好）。」又是讓我們一陣窩心，忙從旁補充說明：「阿嬤爻教，阿甘爻學。」

學會臺語後，阿甘又積極學國語。她說是為了和阿嬤的孫子女溝通，出外替阿嬤辦事也方便。她以電視及家中幼輩為師，到了第二年竟也成了全能全通的雙聲帶外傭，在外頭她一開口講話，人家都不知道她不是臺灣人。大哥開玩笑說阿甘一旦落跑可不必帶居留證，因為不會有人查問。

阿甘臺語能聽能說以後，就成了母親聊天的對象。母親一向健談，對阿甘又推心置腹，因此無所不談，談的最多的偏是老人家的過去以及家人的種種。長年下來，阿甘對主人家可說瞭若指掌，甚至知悉某些我們不知的隱私。但她很清楚老人家只是為說話而說話，聽後不足再為外人道。

母親在家唯一的娛樂是看電視，最愛看日本摔角、動物星球頻道，以及她聽得懂的臺語節目，如楊麗花歌仔戲、臺灣民間故事、臺灣奇案、本土連續劇等。母親晚年頗為重聽，看摔角可以全憑視覺，看其他節目須提高音量到極大，就會吵到鄰居，母親又不愛戴助聽器，我於是為母親添置了無線耳機。而阿甘儘管認識的漢字極其有限，也只好讓她陪著看無聲電視了。如此怪異的組合，一開始我不太放心，常藉著喝水、上廁所或找母親閒聊幾句，走出書房暗中觀察。總見阿甘緊偎著母親，一隻手不是伸入母親衣內在後背輕輕搔撓，就是來回在母親腳脛腳肚、腳背腳掌之間按摩，兩眼則與母親保持同一視向。母親笑，她跟著笑；母親罵劇中人，她也隨聲附和。靜夜裡，在一片柔和的燈光下，出現如此一幅比母女相依更令人動容的畫面，我感激之餘也難免感傷。

阿甘其實在泰國有自己的母親，而且還臥病在床。我得悉後便問：「阿甘你到臺灣來照顧人家的媽媽，你自己的媽媽由誰來照顧？」她說她負責在外賺錢，由姊姊在家服侍媽媽。因為她沒結婚，而姊姊已成家，可以兼顧。

阿甘年近四十未婚，母親常對此表示關心，就像關心自己的女兒。大概也是希望永遠留下阿甘吧，有一回竟問她是否有意在臺灣找「老公（母親會用的少數國語詞彙之一）」，要幫她作媒。她笑說：「我勿免（不需要）老公啦，阿嬤你就是我老公！」母親不解，罵她：「三八，烏白講！阿嬤哪會是你老公！」她索性撒起嬌來，偎向母親叫道：「因為我每一晚攏嘛佮（和）阿嬤睏做夥啊！」

更有趣的，主僕二人閒來還彼此揶揄對方「無老公」。母親如何回應，我不清楚；倒是阿甘，我注意到了。一起看電視時，母親指著螢光幕裡的男人對阿甘說：「你無老公，這個『帥哥（又一個母親會用的國語詞彙）』給你做老公好否？」阿甘往往隨機應變：年紀大於她的，就嫌老；年紀小於她的，就歎可惜她不敢。有時她也會故作驚喜狀，點頭叫道：「嗯，這個會使得（可用）！」雀屏中選的，是個肌肉健美的日本摔角選手。有一天母親又看到此人出現在螢光幕上，忙喚阿甘過來「見老公」，阿甘真的就放下手中的家事，趕過來與母親笑鬧成一團。

老家附近工業區有不少男性泰勞。阿甘陪母親回老家小住時，假日偶會在街上、商店裡遇見祖國來的男人找她搭訕，甚至要記她的行動電話號碼。阿甘一概拒絕。她告訴母親和我說：「我是來顧阿嬤的，不是來找老公的。」又說：「佷（他們）攏嘛不是欲找某（老婆）的，佷是欲找你迌迌（玩玩）的。」

我想起了《紅樓夢》裡立誓服侍賈母一輩子的鴛鴦。當初賈赦一心想要討她做小，惹得賈母大為生氣，罵道：「我通共剩了這麼一個可靠的人，他們還要來計算……」而鴛鴦既峻拒了賈赦，又恐別人說她戀著寶玉，索性連寶玉一併不理睬，還跑到賈母跟前起誓：「這一輩子別說是寶玉，便是寶金、寶銀、寶天王、寶皇帝，橫豎不嫁人就完了。」阿甘不嫁人或許另有個人因素，但不管怎樣，一再說出讓母親點滴在心頭的話語，叫人不喜歡她也難。

阿甘來臺的第三年，傳來她媽媽病逝的噩耗。那時母親生活上、心理上已離不開阿甘，阿甘也清楚這一點，強作鎮定，反過來極力安慰母親，臨走前還交代我們照顧阿嬤時應注意的事項。奔喪回泰期間，幾乎天天打越洋電話回來，問候阿嬤之餘總不忘撒一下嬌：「阿嬤我足（十分）想你，你有佇（在）想我麼？」

在臺三年期滿後，依規定阿甘須先行返國，再由僱主重新召募來臺。不巧那時母親身體狀況轉差，開始進出醫院。我們臨時僱來的短期女傭，是個寡婦再嫁來臺的大陸女子，說起「普通話」來鄉音濃重，連我們聽來都吃力；母親又嫌她髒，不讓她靠近，我們很苦惱。阿甘得知後，在電話中連勸帶安慰，向阿嬤保證她一定會儘快回來，說她一直在催促那邊的仲介。

這一切都肇因於阿甘太好了。母親對阿甘早已是觀於滄海者難為水，任何女傭拿阿甘一比，都只會讓母親大失所望的。

阿甘一回來沒多久，就陪母親住進醫院。我們兄弟姊妹除了不時到院探視，又長留一人照顧母親，但由於阿甘著實太瞭解母親，侍候也太周全了，我們兄弟姊妹倒成了阿甘的助手。有關看護的事，阿甘更是全面進入狀況，恍如專業看護，我們只有聽命於阿甘。唉，有時不免要想，阿甘如果不那麼稱職，不那麼獲母親信靠，我們做子女的應有更多機會更多心力，好好陪母親走完人生這最後的一程罷。

永遠忘不了母親臨終前，阿甘在病房為母親所做的。氣息微弱的母親，唇間溢出紅色液體；阿甘不時以面紙擦拭，輕輕地、柔柔地，她說阿嬤愛漂亮，不能讓阿嬤難看。病榻上一切都歸於寧靜後，阿甘拿出母親專用的梳子，一如往常地輕輕梳理母親鬢而密的、生前引人注目且引以自豪的一頭銀髮，一面梳一面凝視著母親，說：「阿嬤，我佮（替）你梳媠媠（美美的），給大家來阿佬（讚美）呵！」彷彿她就要陪阿嬤到院外水塘旁，去散心去看鴨子。

阿甘對老病母親所付出的，遠比我們子女多多；阿甘甚至於知道子女所不知的，母親的遺願。那天凌晨，我們兄弟姊妹聚在擇日師面前，商討處理後事的方式，有人只不過提了一下「火葬」，阿甘聽到了，搶說：「阿嬤無愛火葬，阿嬤愛土葬！」問她怎麼知道的，她說她媽媽過世時談起的，「阿嬤講伊驚（怕）痛。我就跟阿嬤講，我媽媽就是火葬的；阿嬤就講：『彼（那）是恁（你們）泰國才按爾（這樣）！』」

鴛鴦在賈母死後，為了治喪的規模也曾抬出「老太太的遺言」，向主事者鳳姐據理力爭。小說中的這一幕，竟依稀重現於今日。

母親停靈期間，我們兄弟姊妹分批守靈，阿甘每夜主動來陪阿嬤，天亮後只睡兩三個小時。有一晚，守靈時與阿甘徹夜長談，她憶起母親生前的種種，也不知是有意還無意，她吐露了不少母親對我們默默付出的點點滴滴……

我還是只能想到賈母與鴛鴦。賈府中這位地位最高的老太太把鴛鴦倚之若左右手，平日對子媳有所指示，全經鴛鴦傳達，什麼鬥骨牌、行牙牌令等玩藝兒，也交由鴛鴦提調。我們家的母親更進一步，把阿甘攬為心腹，體己話都說與她聽，連我們孝敬的財物也交由她來保管、支配。做子女的也不知何從解釋與論定，只能說阿甘與母親應是前世今生必有宿緣宿諾。阿甘那麼體貼母親，一點也不像外籍女傭；母親那麼親暱阿甘，超越了主僕情分。母親在世時，我們看得到母親的地方，就看得到阿甘；母親不在了，我們一瞥見阿甘的身影，腦海中很自然就浮現出母親。

阿甘對我們家的意義，又豈只是工作四年的一介女傭而已。

二〇〇三年五月

母親的銀髮

我住的山上種了很多油桐樹，年年都可看到「五月雪」散布山頭。那天夜裡，母親遺體入殮後，我暫回山上整理母親的遺物。第二天從陽臺外望，發現馬路旁那棵孤獨的油桐樹，圓弧形的樹梢上滿是白花紛披。此情此景不由得就想起母親那引人注目的滿頭銀髮。

母親的銀髮出現得相當突然。記得母親頭髮由全黑變花時，就開始染髮，染了十幾年，有一天聽人家告訴她染髮劑有毒，說某人因染髮而導致頭皮潰爛云云，她便決定讓頭髮順其自然。這時我們才赫然發現，原來母親有一頭純色的銀髮，相當亮眼，別人見了常不吝給予讚美。有一位老先生還端詳了片刻，直說她看起來像早年的日本玩偶娃娃。母親得意之餘，道出了一樁我們所不知的身世之祕，她說她有一半日本血統。

就這樣，不再染髮的母親自此愛上她那頭非黑的髮，在家裡，閒來經常梳理；在外頭，還常下意識伸手輕輕撫順髮梢——照相前的標準動作更是如此。其實母親的頭髮天生帶鬈，沒見被風吹散、被外物碰亂過。

母親育有四子六女，年輕時頗為操勞，晚年身子並不好，常進出醫院。對身上器官的一一老化，母親迭有怨言，言談中時露悲觀；唯獨頭髮因老化而轉銀且引人注目，能讓她老人家獲得些許寬慰，甚至引以自豪。有一回在長庚醫院，母親坐上輪椅，由長年侍候她的阿甘推著下樓。電梯裡一個小男孩不停盯著母親的銀髮看，看著看著，突然縱身一躍、再躍，大概是想要居高臨下一窺母親銀髮的全貌，惹得母親都笑了。後來在病房裡一提起這樁奇遇，母親整個人就顯得神清氣爽，彷彿一下子病好了一半。我們陪笑之餘，心情卻是頗為複雜。以前讀古書讀到「黃髮鮐背」，見書上註解說老人頭髮由白轉黃是「壽徵」，可以活到九十歲以上。母親生病住院，我常想古書上說「由白轉黃」這轉變未免突兀，其間應有個緩衝期，先由純白轉銀白再轉金黃才合理。總希望母親的頭髮也有轉黃的一天，雖然不敢確定轉黃後母親是否還能引以自豪。及至最後醫院檢驗報告出來，確悉母親只剩下幾個月的生命，這才頹然相信原來古人沒有說錯，老人家的髮色已來不及轉黃。這年，母親八十五歲。

人看世界總是以自我為中心的。自從母親以銀髮而怡然自樂以後，我才開始注意那些出現在生活周遭的銀髮族。有一次在社區瞥見某戶人家陽臺之上，有老婦在晾衣物，一頭銀亮的頭髮馬上吸引住我的目光，並引發我一連串的遐想：她是獨居老人嗎？她為什麼沒有「阿甘」照顧起居，沒有人替她洗衣晾衣？她動作還俐落，看起來身體狀況似乎不錯，也許年輕時她不像母親那樣操勞過度吧？

母親停靈期間，有一位銀髮老婦來上香致意。她是我們的小學老師，我幾十年沒見過她了，早已忘了她年輕時的模樣；只知道眼前的她和母親一樣，有著滿頭銀髮，不過頗為稀疏，一根根直直地披垂下來，與母親的鬈而密終究不同。如果母親還在，我應會偷偷地告訴她老人家：「媽，還是您的好看！」畢竟這是多病的母親對自己身體唯一僅存的自信。

記得那些日子，我到醫院看她陪她，如果天氣還可以，我會親自推著輪椅，陪母親到院外的池塘邊，母子一起計算池中鴨子的數量，一起看小烏龜爬上爬下、載浮載沉，偶爾還一起等看釣者釣上魚兒的喜悅。每次離開病房前，母親會要阿甘幫她繫上頭巾，她怕外頭風大，吹亂她的銀髮。到了水塘，要是風不大，阿甘會貼心地替她解下頭巾，然後拿出隨身攜帶的梳子，輕輕做一個象徵性的梳理動作。碰到有陽光在頭頂閃爍，銀髮就顯得特別亮麗，此時如果有人投來鑑賞的眼光，我們就適時出聲讚嘆。我們知道母親住院期間與旁人對話，只有兩樣事能令她興致頓昂：一是她有十個子女，人家都說她「足（十分）好命」，再來就是她這一頭人人稱羨的銀髮。

四月十六日夜裡十點多鐘，母親進入彌留狀態，偌大的頭等病房站滿了她蕃衍的子子孫孫。一片靜肅之中，阿甘拿出梳子，一如往常地一手輕攏髮梢，一手輕輕滑動梳子，一面梳一面說：「阿嬤，我佮（替）你梳嫷嫷（美美的），給大家阿佬（讚美）呵！」

辦完母親後事，我重回山上居住。樓下馬路旁的那棵油桐樹，樹梢上的白花已全數凋零，但只消等到明年四五月，又會是一場盛放；而母親那一頭未及轉黃的銀色鬈髮，只能停格在記憶之中了。

二〇〇三年五月

含笑

住在這個冠以「花園」之名的山坡地社區，二十年了，對山上的花花草草一向疏於觀察；因了母親，我才知道山上種有一種奇香的花，就叫「含笑」。

是前年暑假吧，某日黃昏我在書房工作，母親由阿甘陪著到外頭散步，回來後即走進書房，手拈一朵象牙白的小花，滿臉堆著笑，興奮地要我聞聞看。一聞，發覺此花芳香勝過桂花，還帶著熟透香蕉特有的氣味，忙問是什麼花。母親說：「含笑！足芳（很香）呵？『含笑過午弓蕉芳（香蕉香）』，捌（曾）聽過麼？」我不只俗諺沒聽過，連花也沒見過，問從哪摘來的，母親說就在車站過來的路頭，只有一叢，猜想我不會注意到，特地摘回來給我「鼻芳（聞香）」。

我沒問為什麼花名叫含笑，又為什麼午前不香，午後才香，只覺得含笑這名字取得既擬人又動人；我也沒有在路過車站時，一探含笑之所在，以及是否真的午後才香氣迎人。倒是這之後好幾次從外面回來，書桌上便有含笑等著我聞香。心想這老媽媽……

母親年輕時喜歡摘的香花是玉蘭花。村裡某大戶人家就種有這種花，母親偶爾因事造訪，常會順便帶回幾朵。都是為自己摘的，從沒給過我，甚至沒讓我「鼻芳」過。而今她老了（其實她兒子也不年輕），卻只想到為兒子摘花。我不太瞭解母親此舉的意涵，只覺得我有位可愛的老媽媽。

去年夏天，阿甘三年期滿返國，母親因身子不好，一直待在大哥家，沒能到山上來。整個暑假，家中突然少了母親身影，書房裡也不再有含笑迎人。現在時序已進入初夏，路頭含笑花應已含苞待放，而母親卻永遠無法為我摘含笑了。

我們有四兄弟，我既非老大也非老么，不知為什麼，母親晚年特別與我親近。像摘花讓我聞香這種事就不太可能發生在其他兄弟身上。還有一事，迎送我上下班也是這一兩年才開始的。

那天早上出門前，母親照例要問明我幾點鐘回來，好讓阿甘及時準備晚餐。下樓後走向停車場，忽聽得一聲高遠的呼喚來自背後，回頭向上張望，自家陽臺上母親正憑欄朝我揮手。原以為老人家臨時想起什麼要交代，站立原地等她吩咐，卻只見她含笑向前划動雙手，示意我繼續前進。回家後阿甘告訴我：「老闆出去上班，阿嬤常到陽臺去看著你。」我才明白母親這舉動不是一時興起的，怪不得每次母親來小住，常會放一塊抹布在陽臺欄杆旁，時時勤拂拭，不假手阿甘。

第二天，為了證實阿甘所說的，我走出大樓後主動回頭仰望，果然頂著一頭銀髮的母親就在那裡朝這邊探看。我笑笑揮了揮手，轉身快步離開。我感覺到一種不祥的預兆，兒子只是出門教書，長則一天，短則半天，怎麼母親好像送遊子萬里遠征？後來有一天，隱隱約約又聽到母親喚我的名，我遲疑了一下，竟然強迫自己不去聽見什麼，走了幾步忽又心生不忍，再回頭，高臺上並沒有母親身影。後來就沒再聽過母親來自陽臺的呼喚，再後來母親便因病進出醫院，連山上都不來了，最後想聽母親再喚一次，也永無機會了。

記憶中，母親隔著老遠喚我，是我仍是小孩子的時候。母親總是來到屋後的水圳高堤上，拉長著聲音喊叫，若非叫我回去吃飯，就是回去幫忙帶弟妹。總之，呼喚我都是有目的的，從沒想到，母親對兒子也有為呼喚而呼喚的時候。

迎接兒子下班，也應是相同時候開始的。阿甘說：「老闆講幾點回到家，到時阿嬤就走到陽臺去看、去等。」但我一直不知道，倒是有幾次回來時電梯門一開，便發現母親走在通道上，含笑蹣跚相迎。想來老人家是先在陽臺望見我，才趄出來等我的。如此這般地倚門倚閭，又讓我覺得年邁的母親迎接的是一個歷劫歸來的遠方遊子。一如母親之送我出門上班，此情此景當初並沒有令我有太大的親情感動，只淡淡覺得母親愈老愈不一樣，也愈表現得與兒子相依為命。

如今母親不在了，我才驚覺到母親一舉一動似乎在告訴我，她是我世上最親的人；也才深深感悟到有母親跟沒母親，世界很不一樣。母親含笑向兒子的種種，永遠只能在惘然中追憶了。

「草解忘憂憂底事？花名含笑笑何人？」笑的大概是像我以及普天下那些生前只覺親情有壓力，逝後方知老母有溫情的人吧。

二〇〇三年五月

一個半媽媽

自己母親辭世後，我開始有較多時間親近岳母，也開始體認到天底下的媽媽愈是年老，愈是各方面都相像。

我們兩家的老媽媽都喜歡兒女傾聽她說話，話題總離不開對過往歲月的留戀、對子女巨細靡遺的關懷，乃至對已逝丈夫那種愛怨交纏、理還亂的情思。又不僅話題，其間情緒的起伏轉折，以及說了一遍又一遍、每一遍都當第一遍的情況，竟也如出一轍。除此，相同的還有兩位老人家身上帶的慢性病、重病，以及出門常需輪椅代步。每與岳母相處，依稀窺見自己媽媽的熟悉身影……

然而自己媽媽畢竟是不在了，岳母及時補位，能叫她「媽媽」我常心存感恩。但不管婚前婚後，岳母一貫稱我「洪老師」。幾番請求老人家叫名字，她都說好，卻改不了口，有一天好不容易叫了，叫出的竟是與她童年記憶有關的一個音近詞語。岳母對我這個晚來的老女婿，始終客氣居多；而我之對她，愛屋及烏外似乎別有所求。

母親在世時，陪她老人家出門，後車廂總少不了一張輪椅。下車後，儘管有外籍女傭可代勞，我常親自推輪椅。不為別的，只為我瞭解母親。有一回在社區碰到她認識的新朋友，老人家坐在輪椅上朝後指了指，高興地對那人說，推輪椅的是她兒子。母親過世後，出門看到外傭推著老婦，就會勾起對母親的思念；悠悠此心連帶地更引發出「我做得不夠」諸如此類的自責與抱憾。

德琇與我雙雙退休後，每逢天氣晴好而岳母身體狀況也可以，夫妻倆會開車陪她四處走走看看——老人家說是「出去ㄌㄠˋ ˙ㄌㄠ」。ㄌㄠˋ ˙ㄌㄠ時，偶爾我會把輪椅從她女兒手中接過來，女婿推著老岳母，有一回在鶯歌陶瓷店因此而被誤認作母子行。幫她們母女拍照時，我於是說：「媽媽笑一笑，跟您『媳婦』合照一張留念！」我不知道老人家會怎麼想，我似乎一心只想連結到過去。

去年秋天，在太魯閣峽谷蜿蜒綿長的觀景步道，先是德禎與德琇姊妹倆輪流推輪椅，上坡時改由我接手。迎面來了一團大陸觀光客，我俯身對岳母說：「媽，裡面說不定有您故鄉來的人？」她笑說：「呵，大概不會有，有也不認得。」我其實心情複雜，常感覺那安坐在輪椅上的不只有老岳母，也應有自己的老母親。每當老岳母問「你不累吧」，我百感交集，很想對她老人家說：「老媽媽，您女婿此刻其實是在享受在補償啊！」

人說女婿是「半子」，我要說岳母不僅僅是我的半個媽媽，而更是一個半媽媽。老人家永遠不會知道，她成了我的岳母無形中賜予我的，點點滴滴都在豐富我的生命。我感念這分情緣。

岳母今年八十六，先母也正是這個歲數離開人世的。

二〇〇七年一月

斷想錄九章

人之初

一個人的生命歷程，如果把它比喻作滔滔江河流入海，那麼幼兒時期便是出山前的那股清流；與「出山泉水濁」相較，在山泉水那種冰魂雪魄的清，最是令人欣悅。赤子之心一片純真，可貴的不是他與世無爭，而是與俗無染。從這點看來，與其說「人之初，性本善」，毋寧說「人之初，性本真」，省卻多少性善性惡的糾葛。

生養孩子還有一個大好處，是可以伴隨孩子一起成長，以填補生命史最早期那段記憶上的、認知上的空白。如此，對人生的瞭解才算全面而深入。

人子

人類想要像小牛、小雞那樣一出生便能行走、覓食，理想的懷胎期，應是三年又十個月；也就是原本的十個月，加上《論語》所說的「子生三年，然後免於父母之懷」的三年。如此，出娘胎後才可勉強不依賴父母而活下來，至少他會自己移動位置，取食物吃。否則就算擺滿一屋子的食物，還是會活活餓死。

造物者安排人類懷胎十月就把孩子給生下來，意在藉著幼兒對母親的完全依賴，使母子之間至少在三年內，形成不可須臾離的親密關係，以固天倫。那些不親自授乳、育兒的人，不管原因為何，可以說都違背了上帝的意旨。

一神教

一神信仰的最大特色，是使每一個教徒在心理上都變成小孩。所以教徒稱那位無所不能、無所不在的創造者為「父」；他們聚會恍如子女回到父母身旁，彼此熱切地以弟兄、姊妹相稱呼。耶穌更是明告門徒：「不要阻止孩童到我這裡來，因為在天國裡的都是這種人。」

有人站在傳統文化的立場，批評一神教教徒之間「倫理失序」。這些人大概只想到孔孟而忘了老子。老子不也說了嗎：「百姓皆注其耳目，聖人皆孩之。」要天下人收起自以為是的聰明，回到嬰孩狀態，這是靈性的反璞歸真。

老人

只要家有幼兒，就算不信教也應可接受此種「泛嬰兒觀」。

稚子人見人愛。相對於雄偉之美，小孩子所展現出來的那種纖柔之美，毋寧更具情感上的吸引力。別人的小孩，有時都不免我見猶憐，自己的小孩更是寵護有加了。至於外觀上不具任何美感的老年人，在這方面是永遠比不上小孩子的——臺灣俗話中的「人老就臭老人羶」，正反映出老人的惹人嫌——做子女的要是不喜歡他，還有誰會替你喜歡他？為人子女者一定要有這個體認，否則老年人的晚景真的生不如死，人人自危。

孔子有言：「少者懷之，老者安之。」少者可「懷」，而老者須「安」，從用詞的不同，可看出孔子很能把握老人與小孩在家中處境的差異。

說話

家裡的年輕人「有話要說」，可能真的有話要說；老人家有話要說，往往只是沒話找話說。他們其實說話本身就是目的，重要的不在於你聽到他說了什麼，而在於你是否聽他說話。須知老人家到了空虛的晚年，最怕被人嫌厭甚至遺棄，因此要藉著不停說話來肯定自己的存在，來確認家人是否仍關注他這個老人。於是乎很多不煩他過問的事情，他一問再問，而一些陳年舊事，他總是一遍遍說了又說。

不管老人家說些什麼，做兒孫的你不能不知道，他千言萬語總歸乎一句：「我老了不中用了，你們還會要我嗎？」

婚姻

古人視嫁娶為大事，因為那是「結兩姓之好」。婚姻既是兩個家族之間的大事，要結要離，也就不敢等閒視之。

到了今天，婚姻雖不至於形同兒戲，但至少已減縮為「兩個人之間」的事；其結也簡單，其離也草率，有時甚至是逞一時之快的決定。吾人就時代潮流、社會型態而論，把結婚看作兩個人之間的事，大概大家都同意；至於離婚，恐怕永遠都是三個人以上的事了。畢竟子女不是無關的第三者，他們一定會被牽連在內，成為「因瞭解而分開」的失敗婚姻關係中，唯一的受害者、殘存者。

然則婚姻應如何經營才可長可久？智者的看法是：靠情愛維繫夫妻關係，有時而盡；靠倫理，才可能白頭偕老。

怕老婆

做學問的人通常都怕老婆，學哲學的尤其如此。這些人往往精於思考而拙於處事，再者也希望自己能專力於學問，因此把一些塵緣瑣事都交給另一半處理，不去過問。偶爾夫妻之間起了衝突，也都儘量讓步，免得既傷害夫妻感情，又壞了自己做學問的心情。總之，划不來。就這樣由讓而怕，積威約之漸嘛。

我所認識的一個人，每次朋友中有夫妻吵架了，就勸夫的那一方說：「夫妻嘛，也不要說誰怕誰。你只要這樣想：關起房門來最不可告人的那件事都做出來了，還有什麼不能做的？就算跪算盤求饒，也不過天知地知夫知婦知而已。」

畢竟人家是搞哲學的，怕老婆也有他一套思想基礎。

世間男女

男人的胃痛和女人的經痛都是得之於上帝的詛咒。

上帝說亞當你不聽話，我要你汗流浹背才能掙得一口飯吃；同樣的理由，上帝又說夏娃你必將忍受生產的痛苦。於是被逐出伊甸園的一對人類始祖，男的拚命工作，緊張、忙碌帶來了胃病；女的工作較輕鬆，但為了生產，而有了特殊的生理構造，也帶來了生理期間的特殊煩惱。

由此觀之，世間男女有病相憐，理應結合得更像命運共同體，才不枉上帝一番苦心。

同床異夢

《紅樓夢》說：「成人不自在，自在不成人。」既然如此，則做人不能無夢。只有夢，才能使人進入一個純然自我的世界，去紓解做人的諸般不自在。夢裡既可做自己想做的自己，更可一人分飾多角，同時去做自己主觀意願中的別人，來跟自己配戲。反正夢不管牽涉多少人，都是做夢者一個人自編自導自演「做」出來的，情節發展完全合乎一己的需求。人世間再沒有比這更令人快慰的事體了。

精神分析學家說夢是一種心理補償，一種潛意識的自我陳述。凡是習慣以別人為鏡而鑑照出自我的人，尤其滿足於這種補償或補述的功能。照這樣看來，夫妻同床異夢還真具有平衡現實生活，以維繫婚姻的意外作用，不是壞事。

◎弘一大師傳

陳慧劍 著

弘一大師，是中國近代藝術史上的奇才，也是近代佛教史上的律學高僧。他的一生，出家之前三十九年，倜儻風流，多彩多姿；不僅開創了中國近代戲劇史的先河，也為音樂教育寫下了輝煌的一章。出家之後，斷然放下世俗的牽絆，獻身於佛道與修行，作苦行僧，行菩薩道，以身教示人，再為佛門立下千峰一月的典範。而「弘學」一詞也廣泛流傳於文化人的心靈之間。

◎池邊影事

杜忠誥 著

本書作者是揚名國內外的書法家，也是古文字學專家。他的學問涉獵廣博，尤融攝儒、道、釋的學術精華而不立涯岸。作者出身寒微，憑著剛毅不撓的意志，在逆境中發憤圖強，其刻苦自勵、不隨波逐流的精神，對於青年學子具有砥礪作用。本書集學者散文與藝術家現身說法於一編，兼具知性的實用與感性的審美功能；且知見端正，既有獨到的洞察力，又有高度的批判性，是能啟人靈智，值得一讀的好書。

◎綠窗寄語

謝冰瑩 著

本書是謝冰瑩女士最受歡迎的散文集之一，收錄了她與讀者、朋友間交流的書信：有的是指引青年的公開信；有的是給女性朋友的私房話；有的是文學創作的經驗談；有的是解決情感問題的獨到見解。在內容五花八門的讀者來信中，謝女士像個朋友般，用她豐富的閱歷與淺近的文字，親切地回答每個疑問，使內容既實用且溫暖，而全書以書信體的形式呈現，也讓人讀來倍感溫馨。

人文叢書

◎遲開的茉莉

鍾梅音 著

嘗盡苦痛的靈魂才是最美的靈魂——《遲開的茉莉》是一部恬淡細緻，文詞優美的短篇小說集。鍾梅音女士認為小說的靈魂在於人物的創造，此書成功實踐了她的創作理念。那些經歷人生苦澀磨難的角色們，有其傷痛有其脆弱，但最終仍迸發出燦爛的人性光輝，感動無數讀者，而這也是作者自身秉持不移的美好信念。不論時空如何遞嬗，這種溫暖的文學力量，總能透過閱讀，串聯起每個世代，慰藉你我的心靈。

◎雪樓小品

洛 夫 著

雪樓內有文、有詩、有書畫，是洛夫探索文藝、既自由且愜意的理想天地。多彩爛漫的文人氣息，與窗外雪落無聲的寂靜，形成強烈的對比。洛夫在溫哥華期間，不忘讀書、不忘創作，更不忘品味新生活，本書即為洛夫讀書的感悟與生活的感受。沒有政治或敏感議題，篇幅簡短，雋永有味。讀者可以與洛夫一同讀情詩、詠古人，與洛夫在後院種花蒔草，享受收成的快樂，與洛夫閒話酒茶。透過本書與洛夫促膝長談，重新發掘您所忽略的生活情趣。

◎愛晚亭

謝冰瑩 著

回憶不一定全都是美好的，但每一個回憶都彌足珍貴。這本書將喚起你心底塵封已久的深刻記憶。作者是個擁有鋼鐵般個性的女兵，同時也是個喜歡收藏回憶的作家。看她娓娓訴說生活中的點點滴滴，有悲、有喜、有眼淚、有笑容，蘊含著對家國、親人、甚至於自然萬物的熱切情感。她的筆觸活躍而跳動，樸實卻不單調，令人感同身受。無論時空如何變遷，至情至性的《愛晚亭》仍然值得我們一再玩味。

三民叢刊

◎好詩共欣賞——陶淵明、杜甫、李商隱三家詩講錄

葉嘉瑩　著

「興」的作用是中國詩歌最重視的特色，其引起讀者無窮的想像力與感動，而西方「接受美學」中的讀者反應論，也同樣重視作品所產生的興發作用。本書結合傳統詩論和西方理論評賞中國詩歌。就「興」的作用，列舉陶淵明、杜甫、李商隱三位身世、風格各異的詩人作品，從形象、結構上剖析其所傳達出感發生命的深淺厚薄，理論與例證相輔相成。在淺顯雅潔的字句中，引領讀者體會古典詩歌的精粹。

◎河　宴

鍾怡雯　著

本書是鍾怡雯的第一本散文集，更是她自我成長經歷的「交待」與「總結」。書中二十八篇散文多角度地展現了一個創作生命的茁壯，以及她內在的心靈世界。她的文章不僅充滿自然靈動的詩化語言，亦使用如小說般鋪陳的敘述手法；既具有感性的懷想，又富於理性的沉思。她說故事的方式，總是讓人感到驚喜。

◎山水與古典

林文月　著

本書收錄林文月教授所撰有關六朝及唐代之田園、山水、宮體詩等論著，以及她的外祖父連雅堂先生之為人與文學生活，並兼及於中日古典文學的比較研究。六朝詩為作者的專攻對象，本書所收各篇，於專題多有啟發性意義，多年來為中外學者所樂於引用；有關連雅堂先生的文章，有第一手資料，足供臺灣文學研究之參考；而作者譯注《源氏物語》，其相關之中日比較文學研究論著，自亦不容忽略。

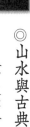

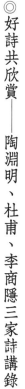

三民叢刊

◎琦君說童年

琦君 著

每個人都有童年，不管是苦是樂，回憶起來都是甜美的。善於說故事的琦君，與您一起分享她魂牽夢縈的故鄉與童年。書中有她家鄉的人物、生活和風光，也有好聽的神話和歷史故事。篇篇真摯感人，字裡行間充滿了愛心與情義，在欣賞琦君的散文之餘，更別有一番溫馨感受。